T0355291

BLACKWATER · II

El dique

MICHAEL MCDOWELL (1950-1999) fue un auténtico monstruo de la literatura. Dotado de una creatividad sin límites, escribió miles de páginas, con una capacidad al nivel de Balzac o Dumas. Como ellos, McDowell optó por contar historias que llegaran a todo el mundo. Como ellos, eligió el medio de difusión más popular: el folletín, o novela por entregas, en el caso de los maestros del XIX; el *paperback*, o libro de bolsillo, en el caso de McDowell.

Además de ejercer como novelista, Michael McDowell fue guionista. Fruto de su colaboración con Tim Burton fueron *Beetlejuice* y *Pesadilla antes de Navidad*, además de un episodio para la serie *Alfred Hitchcock presenta*. Considerado por Stephen King como el mejor escritor de literatura popular, y pese a su temprana muerte por VIH, escribió decenas de novelas: históricas, policíacas, de terror gótico, muchas de ellas con pseudónimo. En 1983 publicó la que es sin duda su obra maestra, la saga *Blackwater*, y exigió que se publicara en 6 entregas, a razón de una por mes. El éxito fue arrollador. Ahora, tras el enorme éxito de venta y público en Francia e Italia (con más de 2 millones de ejemplares vendidos), llega a nuestro país.

BLACKWATER
LA ÉPICA SAGA DE LA FAMILIA CASKEY

I. *La riada*

II. *El dique*

III. *La casa*

IV. *La guerra*

V. *La fortuna*

VI. *Lluvia*

MICHAEL MCDOWELL

BLACKWATER · II
El dique

Traducción de Carles Andreu

Título original: *Blackwater. Part II: The Levee*

© del texto: Michael McDowell, 1983.

Edición original publicada por Avon Books en 1983.
Publicado también por Valancourt Books en 2017

© de la traducción: Carles Andreu, 2023
© diseño de cubierta: Pedro Oyarbide & Monsieur Toussaint
Louverture

© de la edición: Blackie Books S. L. U.
Calle Església, 4-10
08024 Barcelona
www.blackiebooks.org
info@blackiebooks.org

Maquetación: David Anglès

Impreso en México

Primera edición en México: octubre de 2024

ISBN: 978-607-384-963-0

Resumen

BLACKWATER · I

LA RIADA

El domingo de Pascua de 1919 el pueblo de Perdido, Alabama, amanece completamente inundado por los ríos Perdido y Blackwater. Oscar Caskey y Bray Sugarwhite rescatan del Hotel Osceola a una joven de misterioso pasado llamada Elinor Dammert. Elinor, que parece haber hallado su hábitat natural en el río Perdido, es acogida en casa de James Caskey, el tío de Oscar. Durante los siguientes meses ayudará a la familia Caskey a reconstruir el pueblo, ganándose así la confianza de todos menos de la matriarca, Mary-Love. Esta, furiosa por el compromiso de la joven con su hijo, intenta boicotear su relación, y cuando Oscar y Elinor se casan a escondidas les hace un regalo envenenado: manda construirles una casa que no podrán habitar hasta que no terminen las obras. Tras meses de retrasos, Elinor, desesperada por salir de casa de Mary-Love, accede a intercambiar a su primera hija, Miriam, por su propia libertad.

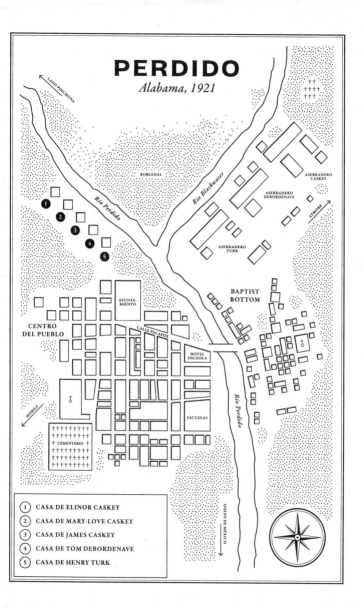

PERDIDO

Alabama, 1921

LAGO PINCHONA

Río Perdido

Río Blackwater

ROBLEDAL

ASERRADERO
CASKEY

ASERRADERO
DEBORDENAVE

ATMORE

ASERRADERO
TURK

BAPTIST
BOTTOM

AYUNTA-
MIENTO

CENTRO
DEL PUEBLO

CALLE PALAFOX

HOTEL
OSCEOLA

MOBILE

Río Perdido

ESCUELAS

CEMENTERIO

GOLFO DE MÉXICO

1 CASA DE ELINOR CASKEY

2 CASA DE MARY-LOVE CASKEY

3 CASA DE JAMES CASKEY

4 CASA DE TOM DEBORDENAVE

5 CASA DE HENRY TURK

Genealogía
Caskey, Sapp y Welles — 1921

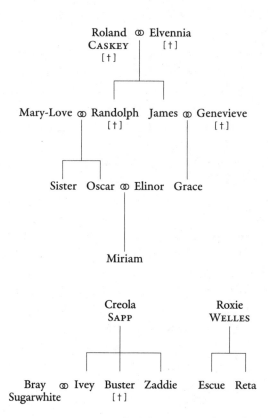

Roland ⚭ Elvennia
CASKEY | [†]
[†]

Mary-Love ⚭ Randolph   James ⚭ Genevieve
[†]   [†]

Sister   Oscar ⚭ Elinor   Grace

Miriam

Creola
SAPP

Roxie
WELLES

Bray ⚭ Ivey   Buster   Zaddie   Escue   Reta
Sugarwhite   [†]

Segunda parte

El dique

I

El ingeniero

«Señor, protégenos de las inundaciones, del fuego, de los animales rabiosos y de los negros fugitivos.»

Esa era la oración que Mary-Love Caskey pronunciaba antes de cada comida. La había aprendido de su madre, que en su día había escondido la plata, los esclavos y los pollos de la codicia de los hambrientos saqueadores yanquis. Pero en los últimos tiempos, tanto ella como Sister habían empezado a añadir para sus adentros una plegaria silenciosa frente a un quinto peligro: «Y, Señor, protégenos también de Elinor Dammert Caskey».

Al fin y al cabo, Elinor era una mujer temible, que había introducido todo tipo de problemas y sorpresas en la vida de los Caskey de Perdido, Alabama, hasta entonces tan estable. Después de aparecer misteriosamente en el Hotel Osceola en el momento culminante de la gran inundación de 1919, había hechizado primero a James Caskey, el cuñado de Mary-Love, y luego a su hijo Oscar. Más tarde se había casado con este a pesar de la oposición frontal de Mary-Love. Elinor tenía el pelo del mismo color rojo turbio que el agua del río Perdido, y aunque no tenía conexiones familiares ni dote, al final le había arrebatado a Oscar y se lo había llevado a la casa de al lado, dejando a su propia hija como fianza al marcharse. Y eso, pensaba Mary-Love, demostraba que Elinor era una mujer para quien no existía ningún sacrificio demasiado grande en tiempos de guerra. Para Mary-Love, que nunca había tenido a nadie que cuestionara su soberanía, Elinor era una adversaria de armas tomar.

Si ya antes Mary-Love y Sister se habían mostrado sobreprotectoras con la pequeña Miriam, ¡cómo la mimaban ahora! Habían pasado ya dos semanas desde que Elinor y Oscar se habían mudado y, por el momento, Elinor no había dado señales de arrepentirse del trato. A sus cincuenta y un años, Mary-Love nunca tendría otro hijo. En cuanto a Sister, le faltaba poco para cumplir los treinta, pero no tenía perspectivas de matrimonio, por lo que era poco probable que tuviera una hija que no fuera la que le había cedido su cuñada. Las dos mujeres no dejaban a la niña sola ni un momento por miedo a que Elinor estuviera acechando desde detrás de una de las cortinas recién colgadas de su salón trasero y se abalanzara sobre ella, la cogiera en brazos y se la llevara furtivamente. Ni Mary-Love ni Sister tenían intención de renunciar a Miriam, aun cuando se lo exigiera el mundo entero y la ley.

Al principio, Mary-Love y Sister se prepararon mentalmente para que Elinor las visitara cada dos por tres. Estaban seguras de que iba a decirles cómo debían hacer esto o aquello por el bien de la niña, de que rompería a llorar y rogaría poder tener a Miriam aunque fuera tan solo una hora cada mañana y que se pasaría el rato inclinada sobre la cuna de su hija, lista para arrebatársela a la menor oportunidad. Pero Elinor no hizo nada de eso. De hecho, Elinor nunca iba a ver a su hija; se mecía plácidamente en el porche de su nueva casa y corregía la pronunciación de Zaddie Sapp, que se sentaba a sus pies con sus lecturas de sexto. Elinor saludaba cortésmente a Sister y a Mary-Love con la cabeza cuando las veía, o por lo menos cuando era imposible fingir que no las había visto, pero nunca pedía ver a la niña. Mary-Love y Sister (que nunca habían estado tan unidas) hablaban para tratar de decidir si debían confiar en Elinor o no. Finalmente decidieron que lo mejor para evitar riesgos era considerar aquella actitud tan desapegada como una estratagema para lograr que bajaran la guardia. De modo que no la bajaron.

Cada domingo, Mary-Love y Sister se turnaban para quedarse en casa con la niña durante la misa matutina. Se sentaban en el mismo banco que Elinor, la saludaban cortésmente y, si la ocasión lo exigía, hablaban con ella. Entonces, un día, Mary-Love sugirió que ella y Sister acudieran juntas a la iglesia para provocar a Elinor. Al verlas allí a las dos, se daría cuenta de que la pequeña Miriam estaba sola, protegida tan solo por Ivey Sapp, pero no podría abandonar la misa para ir a por su hija. Los domingos por la mañana, Sister y Mary-Love se aseguraban siempre de no salir de casa hasta haber visto a Oscar y a Elinor dirigirse juntos a la iglesia, por temor a que un día esta se quedara en casa y les robara a la niña antes del primer himno.

Un domingo, sin embargo, Mary-Love y Sister no miraron por el ventanal cuando Oscar se marchó. Supusieron que Elinor se había ido con él, pero al llegar a la iglesia descubrieron, consternadas, que se había quedado en casa para cuidar a Zaddie, que tenía paperas. Entonaron los himnos con voz temblorosa, no escucharon ni una palabra del sermón, se les olvidó levantarse cuando debían levantarse y se quedaron de pie cuando debían sentarse. Regresaron a casa a toda prisa, pero encontraron a Miriam profundamente dormida en la cuna del porche lateral, donde Ivey Sapp le cantaba una nana sin letra. En la casa de al lado, Elinor Caskey estaba sentada en el porche leyendo el *Register*, el periódico de Mobile. Nada le habría resultado más fácil que cruzar el patio, subir al porche, detener a Ivey con una palabra severa, sacar a Miriam de la cuna y volver a casa con la niña en brazos. Pero no lo había hecho.

Sister y Mary-Love concluyeron que Elinor no tenía ningún interés en recuperar a su hija.

Convencidas de que Elinor había renunciado definitivamente a su hija (aunque sin entender cómo algo así era posible), Sister y Mary-Love empezaron a preguntarse qué pensaría Oscar sobre el asunto. Visitaba a veces a su madre y a su hermana, aunque nunca comía con ellas y, como señaló Sister, nunca entraba en la casa, sino que limitaba sus visitas al porche lateral. A veces, a última hora de la tarde, si las veía en el porche, se acercaba y se sentaba unos minutos en el columpio. Saludaba y después se inclinaba sobre la cuna y decía: «¿Cómo estás, Miriam?», como si esperara que la niña de seis meses le contestara. No parecía particularmente interesado en su hija y, si Sister le contaba alguna novedad precoz o cómica del desarrollo de Miriam, se limitaba a asentir con la cabeza mientras esbozaba una sonrisa. Al rato, con la excusa de que Elinor se estaría preguntando dónde se había metido, se despedía con un: «Hasta luego, mamá. Adiós, Sister. Hasta pronto, Miriam». La repetición de aquella pauta, que ponía de relieve el escaso poder de influencia que las dos mujeres ejercían sobre él, Sister y Mary-Love comprendieron que al conseguir a Miriam y librarse de Elinor, también habían perdido a Oscar.

En la gran casa nueva, situada en la linde del pueblo, Oscar y Elinor se dedicaban a pasear por las dieciséis habitaciones. Por la noche se sentaban a la mesa del salón y daban cuenta de los restos fríos de la comida. La puerta de la cocina estaba abierta para que Zaddie, que comía lo mismo que ellos junto a la encimera, no se sintiera sola. Cada dos noches, cuando cambiaba la cartelera, Oscar y Elinor iban al Ritz. Aunque la entrada al palco de los negros solo costaba cinco centavos, siempre le daban a Zaddie veinticinco, fuera o no. Al llegar a casa, se sentaban en un columpio del porche dormitorio del piso de arriba. Al cabo de un rato, mientras Oscar mecía sin ganas el columpio con la punta del zapato, Elinor se volvía y apoyaba la cabeza en su regazo. A través de la mosquitera contemplaban el Perdido, que, iluminado por la luna, fluía sigilosamente detrás de la casa. Y si Oscar contaba algo, era sobre su trabajo, sobre el increíble progreso de los robles acuáticos (que tras apenas dos años medían casi diez metros) o sobre los chismes que había oído esa mañana en la barbería.

Pero nunca mencionaba a su hija, a pesar de que la ventana de la habitación de Miriam era visible desde el columpio. A veces se iluminaba y Mary-Love o Sister aparecían al otro lado y caminaban de aquí para allá mientras cuidaban de la hija que él había perdido, como si se la hubieran robado los gitanos o se hubiera ahogado en el río.

Elinor estaba esperando otro hijo, pero Oscar tenía la sensación de que aquel embarazo era mucho más lento que el primero. El vientre de su mujer parecía menos hinchado a pesar de lo avanzado de la gestación, por lo que la instó a visitar al doctor Benquith. Elinor accedió y volvió con un informe que decía que todo estaba bien. Aun así, accedió al deseo de Oscar de no volver a dar clases en otoño y, para sorpresa de este, pareció conformarse con pasar el día entero en casa. Además, por decoro —y para tranquilidad de Oscar—, renunció a sus baños matutinos en el Perdido. Pero a pesar de las precauciones de su esposa y de las palabras tranquilizadoras del doctor Benquith, Oscar seguía insatisfecho e inquieto.

A Mary-Love Caskey le habría gustado que Perdido reconociera que había ganado la batalla contra su nuera. ¿Cómo iban a pensar otra cosa en el pueblo, si era ella quien se había quedado con el botín? Había ganado a la pequeña Miriam a costa del afecto de su hijo, pero de cualquier forma, tarde o temprano Oscar tenía que elegir con quién iba a quedarse. Además, ¿qué hijo permanece alejado de su madre para siempre? Mary-Love no tenía ninguna duda de que Oscar volvería con ella algún día, y entonces su victoria sobre Elinor Caskey sería realmente dulce y completa.

Pero, para consternación de Mary-Love, en Perdido nadie veía las cosas así, ni mucho menos. Lo que veían en Perdido, en cuanto el humo se había disipado, era que Elinor Caskey estaba en lo alto de la colina, enarbolando una bandera intacta y sin rastro de sangre. Había renunciado a su única hija, pero aquello no parecía importarle en absoluto.

Y, más allá de eso, Elinor Caskey no actuaba como una mujer derrotada. Si bien era cierto que nunca iba a visitar a su suegra, su cuñada y su hija abandonada, en público siempre era agradable con ellas. Nada en su tono sugería ironía, sarcasmo ni rescoldos de rencor; nunca nadie la oía pronunciar ni una mala palabra contra Mary-Love o Sister. Asimismo, tampoco trataba de subyugar a Caroline DeBordenave o a Manda Turk para predisponerlas contra Mary-Love estableciendo una relación de intimidad con estas ni con sus hijas.

Elinor tampoco se opuso nunca a las visitas de Oscar a la casa de su madre, ni lo hizo sentirse culpable por ello. No solo eso, sino que de vez en cuando enviaba a Zaddie con cajas de melocotones y botellas de néctar de mora que ella misma había preparado. Pero nunca puso un pie en la casa de Mary-Love, nunca preguntó por la salud de su hija y nunca invitó a Mary-Love o a Sister a ver la nueva casa amueblada y decorada.

Por ello, en cuanto se hubo convencido de que su nuera no iba a hacer nada por tratar de recuperar a Miriam, Mary-Love se dijo que no había humillado lo suficiente a Elinor y empezó a buscar la manera de aplastarla.

Un año y medio antes, el día después de que Elinor anunciara su primer embarazo, llegó a Perdido un hombre llamado Early Haskew. Tenía treinta años, pelo y ojos castaños y un espeso bigote marrón. Tenía también una tez quemada por el sol, brazos fuertes y piernas largas, y un armario que parecía contener exclusivamente pantalones caqui y camisas blancas. Había estudiado en la Universidad de Alabama y había recibido heridas superficiales a orillas del Marne. Durante el tiempo que había pasado en Francia, había aprendido todo lo que había que saber sobre movimientos de tierra. Su conciencia entera, de hecho, parecía estar imbuida por la tierra, ya que solo se sentía cómodo de verdad cuando tenía los pies firmemente plantados en el suelo. No solo eso, sino que parecía tener siempre tierra debajo de las uñas y en los pliegues de su piel bronceada, aunque nadie pensó jamás que pudiera deberse a una falta de higiene personal. La tierra parecía ser parte integral de aquel hombre, un elemento totalmente inobjetable. Haskew era ingeniero y había acudido a Perdido para determinar si era posible proteger al pueblo de futuras inundaciones mediante la construcción de una serie de diques a lo largo de los ríos Perdido y Blackwater.

Con la ayuda de dos estudiantes de topografía de la Politécnica de Auburn, Early Haskew trazó planos del pueblo, sondeó las profundidades de los ríos, calculó sus respectivas alturas sobre el nivel del mar, examinó los registros del ayuntamiento y analizó las desvaídas marcas que había dejado la riada de 1919. También habló con los capataces de los aserraderos que se servían de los ríos para transportar troncos, tomó fotografías de las partes del pueblo más próximas a las orillas, envió cartas solicitando información a ingenieros de Natchez y Nueva Orleans, y se embolsó un salario sufragado en su totalidad por James Caskey, algo que tan solo sabían el resto de miembros del consejo municipal. Al cabo de ocho semanas, durante las cuales pareció estar en todas partes, siempre cargado con mapas, instrumentos, cuadernos, cámaras, lápices y ayudantes, Early Haskew desapareció. Había prometido planes detallados en un plazo de tres meses, pero poco después de su partida, James Caskey recibió una carta en la que el hombre le comunicaba que no iba a poder cumplir el plazo acordado a causa de una serie de proyectos del ejército que exigían su presencia en el campamento de Rucca. Early Haskew seguía en la reserva.

Cuando finalmente terminó su compromiso como reservista, anunció que iba a regresar a Perdido para completar sus planes lo antes posible. ¿Quién sabía cuándo decidirían los ríos desbordarse de nuevo?

Early Haskew había vivido con su madre en un pueblecito llamado Pine Cone, en el límite de la región de Wiregrass, en Alabama. La madre había muerto hacía poco y Early, que no veía la necesidad de volver al pueblo, había vendido la casa de su madre y había escrito a James Caskey para preguntarle si el dueño del aserradero tendría la amabilidad de encontrarle un lugar donde vivir. Early esperaba poder no solo trazar los planos, sino también supervisar la construcción del dique —siempre que el consejo municipal tuviera a bien considerarlo apto para el trabajo—, por lo que podía llegar a pasar hasta dos años en el pueblo. Y dos años eran tiempo suficiente como para justificar la compra de una casa.

Una noche James Caskey mencionó la noticia en casa de Mary-Love. James pensó que se trataba de una información interesante pero de poca importancia, por lo que le sorprendió la vehemencia con la que reaccionó Mary-Love Caskey.

—Ay, James —exclamó su cuñada—, ¡no dejes que ese hombre compre una casa!

—¿Por qué no? —preguntó James en tono afable—. ¿Si quiere hacerlo y tiene el dinero...?

—¡Porque va a desperdiciar el dinero! —exclamó Mary-Love.

—Bueno, pero ¿qué quieres que haga el hombre, mamá? —preguntó Sister, sentada con la silla de lado. Miriam rebotaba sobre sus rodillas, mientras Grace, de nueve años, le ofrecía un dedo para que se sujetara y no perdiera el equilibrio.

—No quiero que tire el dinero —insistió Mary-Love—. Quiero que venga aquí y se instale con nosotros. La habitación extra donde dormía Oscar está vacía. Tiene baño privado y una sala de estar donde podría poner una mesa de dibujo. Puede que yo también me compre una de esas mesas —caviló, aparentemente—. Siempre he querido una.

—No, nunca has querido una —dijo Sister, contradiciendo a su madre con la misma naturalidad con la que podría haber dicho «Pásame los guisantes, por favor».

—¡Ya lo creo que sí!

—Mary-Love, ¿por qué quieres que el señor Haskew se hospede aquí? —preguntó James.

—Porque Sister y yo nos sentimos solas, y el señor Haskew necesita un lugar donde quedarse. No le conviene vivir solo. ¿Quién le cocinaría? ¿Quién le lavaría la ropa? Es un buen hombre, lo invitamos a comer cuando vino la otra vez, ¿te acuerdas? James, escríbele y dile que puede quedarse aquí, en esta casa tan grande, con nosotras.

—Comía los guisantes con cuchillo —añadió Sister—. Mamá, dijiste que nunca habías visto a un hombre respetable hacer eso en público. Te preguntaste de qué clase de hogar debía de haber salido. De hecho, yo fui la única en toda la casa que lo trató con amabilidad. Una tarde el señor Haskew vino a hablar con Oscar, y Elinor se levantó de la silla y se fue sin dejar siquiera que este la presentara. En mi vida había visto semejante grosería.

—¿Y por qué crees que lo hizo? —preguntó James, que de pronto creyó intuir a qué se debía la entusiasta e inesperada propuesta de Mary-Love.

—No lo sé —se apresuró a decir Mary-Love—. Lo que sí quiero saber es si vas a escribir esa carta, James, porque si no lo haré yo.

James se encogió de hombros, aunque no tenía muy claro cómo iba a terminar todo aquello.

—Le escribiré mañana desde la oficina...

—¿Por qué no lo haces esta noche?

—Mary-Love, ¿cómo sabes que el hombre va a decir que sí? Puede que no quiera vivir aquí...

—¿Por qué no iba a querer? —preguntó Mary-Love.

—Bueno —respondió James al cabo de un momento—, a lo mejor no quiere alojarse en una casa donde hay un bebé que llora.

—Miriam no llora —replicó Sister, indignada.

—Ya lo sé —dijo James—, pero los bebés suelen llorar. No podéis esperar que Early Haskew sepa que está tratando con un caso especial.

—Pues díselo tú —dijo Mary-Love, y James accedió a escribir la carta esa misma noche—. Oye, James —añadió Mary-Love con un susurro cuando acompañó a su cuñado hasta la puerta—, una cosa más. Ni una palabra sobre esto a Oscar, ni tampoco a Elinor. Quiero que todo esté preparado antes de anunciar nada. ¡Quiero que sea una gran sorpresa!

2

Planes y predicciones

Early Haskew recibió cartas de Mary-Love Caskey y de su cuñado, James, en las que le abrían las puertas de la casa de Mary-Love y le ofrecían un lugar en la mesa durante su estancia en Perdido. Early respondió con una negativa tajante pero cortés, afirmando que no quería aprovecharse del pueblo y menos aún de su familia, que ya iba a proporcionarle un empleo lucrativo durante un largo periodo de tiempo. Recibió dos cartas más. Una era de James, que le aseguraba que la oferta no era fruto de prejuicios ni instigaciones de ninguna clase, y le sugería que, dado que no había ninguna casa a la venta en el pueblo, aquella era seguramente la mejor solución para todos. La otra era de Mary-Love, que protestaba diciendo que acababa de comprar una mesa de dibujo y que qué demonios iba a hacer con ella si Early Haskew se instalaba en el Hotel Osceola. Abrumado por el contrataque, Early Haskew se rindió con cortesía, pero insistió en abonar diez dólares semanales a cambio del alojamiento y la comida.

El ingeniero llegó a Perdido un miércoles de marzo de 1922. Bray Sugarwhite lo recogió en la estación de Atmore con el automóvil de Mary-Love y lo llevó a la casa de esta justo a tiempo para la comida.

Sister sintió de inmediato cómo la timidez se apoderaba de ella ante aquel hombre guapo y corpulento que actuaba con total naturalidad, una característica nada corriente entre los hombres de Perdido. Desde luego, Early Haskew era distinto a Oscar, que era un hombre sereno y (a su manera) sutil. Y no se parecía en nada a James, cuya serenidad y aún mayor sutileza tenían un aire de feminidad. En Early Haskew no había rastro de serenidad, ni de sutileza, ni de feminidad. Aquella tarde, durante la comida, estuvo a punto de volcar el plato sobre el mantel, armó un escándalo con los cubiertos, derramó el té de su taza y no paró de limpiarse con la servilleta. Tuvieron que llamar tres veces a Ivey para que sustituyera el tenedor, que se le caía constantemente al suelo. Durante la conversación mencionó que su difunta madre era sorda como una tapia, algo que tal vez explicara su hábito de hablar casi a gritos y de enfatizar exageradamente sus palabras. También explicó que su inusual nombre de pila era en realidad el apellido de la familia de su madre, originaria de Fairfax, en Virginia. Su gesticulación excesiva y sus pequeños accidentes en la mesa hacían que la habitación pareciera más pequeña de la cuenta, como si el gigante del circo se hubiera instalado en la caravana de los enanos.

Sister no recordaba haber invitado nunca a un hombre así a la mesa de Mary-Love. Su madre era una mujer refinada a más no poder, por lo que su hospitalidad y su tolerancia ante las torpezas de Early le parecían de lo más sospechosas.

—Espero, señor Haskew, que pueda salvarnos a mí y a mi familia de futuras riadas —dijo Mary-Love con una sonrisa que solo podía describirse como afable.

—Esa es la idea, señora Caskey —respondió Early Haskew con una voz que podría haberse oído incluso desde la mesa de la casa de Elinor—. Por eso estoy aquí. Y permítame añadir que estoy encantado con mi habitación. Solo desearía que no se hubiera gastado el dinero en esa mesa de dibujo.

—Si la mesa puede salvarnos de otra inundación, habrá valido cada centavo que pagué. Además, dudo que hubiera venido a vivir con nosotros si no le hubiera dicho que la habíamos comprado...

Después de la comida y de que James regresara al aserradero, Mary-Love, Sister y Early se sentaron en el porche con sendas tazas de té y vieron pasar a Zaddie Sapp, que sin duda iba a hacer algún recado para Elinor.

—Sister —susurró inmediatamente Mary-Love—, dile a Zaddie que suba al porche un momento.

A Zaddie le sorprendió aquella invitación: todos sabían que era la protegida de Elinor y, por ese motivo, no era bienvenida en la casa (ni siquiera en el porche) de Mary-Love. Zaddie seguía rastrillando el patio de la casa todas las mañanas, pero Mary-Love apenas se dignaba saludar a la niña de doce años con la cabeza.

—Ven, Zaddie, entra —dijo Mary-Love—. Quiero que conozcas a alguien.

Zaddie cruzó la mosquitera y accedió al porche lateral. Se quedó mirando a Early Haskew, y este la miró a ella.

—Zaddie —dijo Mary-Love—, este es Early Haskew. Es el hombre que va a salvar a Perdido de la próxima inundación.

—¿Disculpe, señora?

—¡El señor Haskew va a construir un dique para salvar el pueblo!

—De acuerdo, señora —dijo Zaddie cortésmente.

—¿Qué tal estás, Zaddie? —exclamó Early Haskew. La niña parpadeó ante la potencia de su voz.

—Estoy bien, señor Skew.

—Es Haskew, Zaddie —la corrigió Sister.

—Estoy bien —repitió Zaddie.

—Dale las gracias al señor Haskew por salvarte de la próxima inundación, Zaddie —indicó Mary-Love.

—Gracias, señor —dijo Zaddie, obediente.

—De nada, Zaddie.

Zaddie y Early Haskew se miraron con cierta perplejidad, ya que ninguno de los dos entendía el sentido de aquel encuentro. Zaddie se preguntaba por qué la habrían llamado para presentarle a un hombre blanco, sobre todo teniendo en cuenta que esa misma mañana había intentado mirar dentro del cochecito de Miriam y la habían echado de malas maneras. Early, por su parte, se preguntaba si Mary-Love tendría la intención de presentarle a todos los hombres, mujeres y niños (blancos, de color e indios) cuyas vidas y propiedades iba a proteger el dique que pretendía construir alrededor del pueblo.

Sister, por su parte, creía tener la respuesta. Para difundir información, Zaddie era tan eficiente como un telégrafo, de modo que Elinor se enteraría de la presencia de Early Haskew en casa de Mary-Love con la misma seguridad que si un hombre de Western Union le hubiera entregado el mensaje en uno de esos sobres amarillos en su propia puerta.

—No te entretenemos más, niña —dijo Mary-Love—. ¿No estabas haciendo un recado para Elinor?

—Sí, señora —respondió Zaddie—. Tengo que ir a comprar un poco de parafina.

—Pues andando —espetó Mary-Love, y Zaddie salió corriendo. Mary-Love se volvió hacia Early—. Zaddie es la muchacha de Elinor y Oscar —dijo—. Ya ha conocido a mi hijo, ¿verdad?

—Sí, señora.

—Pero a su esposa Elinor, mi nuera, todavía no, ¿verdad?

—No, señora.

—Supongo que ya lo hará —dejó caer Mary-Love—. Espero que tenga ocasión de hacerlo, quiero decir. Viven ahí al lado, en esa casa blanca tan grande. La mandé construir para ellos como regalo de bodas.

—¡Es una casa soberbia!

—Ya lo sé. Pero cuando lleve aquí un poco más de tiempo verá, señor Haskew, que entre las dos casas no hay muchas idas y venidas...

—De acuerdo, señora —respondió Early Haskew, como si lo hubiera entendido todo.

—Y... —dijo Mary-Love en tono vacilante, aunque de pronto no supo qué más añadir—. Eso es todo —concluyó sin más.

A la reunión del consejo municipal de aquella noche asistieron no solo los miembros electos de la junta —Oscar, Henry Turk, el doctor Leo Benquith y tres hombres más—, sino también James Caskey y Tom DeBordenave como propietarios de sendos aserraderos y partes interesadas en el asunto. Early Haskew presentó ante aquellos hombres un plan inicial, un calendario de ejecución y un cronograma de gastos para la construcción del dique.

El dique en sí tendría tres secciones. La más grande y sustancial se levantaría a ambas orillas del Perdido, por debajo de la confluencia. Esta protegería el centro del pueblo y la zona donde vivían los trabajadores de los aserraderos al oeste del río, además de Baptist Bottom al este. El puente sobre el Perdido, justo por debajo del Hotel Osceola, se ensancharía y se elevaría hasta la altura del dique, y se construirían rampas de acceso. En cierta medida podía decirse que aquel sería el tramo municipal del dique, ya que protegía la mayor parte de las zonas residenciales y comerciales de Perdido.

El segundo tramo se construiría en la orilla sur del río Blackwater, que llegaba al pueblo procedente del noreste, desde su nacimiento en el pantano de cipreses. Ese dique, conectado con el primero, mediría casi un kilómetro de largo y protegería los tres aserraderos. La tercera sección del dique era la más corta de todas; discurriría por la orilla sur del Perdido, por encima de la confluencia, y protegería las casas de Henry Turk, Tom DeBordenave, James Caskey, Mary-Love Caskey y Oscar Caskey, y llegaría hasta unos cien metros más allá del límite del pueblo. Cuando los ríos volvieran a desbordarse (algo que sucedería tarde o temprano), los diques protegerían al pueblo y solo se inundarían los terrenos bajos deshabitados que había al sur de Perdido, junto a las orillas.

Early dispondría de planos detallados en cuatro meses y la construcción del dique podría comenzar a continuación. Las obras durarían por lo menos quince meses para el doble dique que debía contener el Perdido por debajo de la confluencia, y seis meses más para cada uno de los dos tramos secundarios. El coste se estimó en alrededor de un millón cien mil dólares, una suma que dejó a los miembros del consejo municipal momentáneamente aturdidos.

Early permaneció sentado el resto de la reunión, mientras los líderes de Perdido debatían la cuestión. Solo en 1919, el pueblo había sufrido daños por un importe bastante superior al coste proyectado del dique. Si el pueblo crecía y los aserraderos seguían cortando árboles y produciendo madera, las pérdidas causadas por la siguiente inundación podían ser aún mayores. Por lo tanto, si de alguna forma lograban obtener los fondos necesarios, lo más sensato era construir el dique. A James y Oscar les bastó un discreto gesto con la cabeza para acordar que iban a sufragar los gastos de Early mientras este elaboraba los planos detallados del dique. Aquella iba a ser la contribución de los Caskey al pueblo que los había acogido. Así, con la autorización y el apoyo necesario para seguir adelante, Early se despidió del consejo.

Después de que el ingeniero se marchara y de que varios de los presentes expresaran la elevada opinión que tenían de él, los líderes del pueblo examinaron de nuevo las cuentas de Early. Determinaron que el dique municipal costaría setecientos mil dólares, el que debía flanquear el Blackwater costaría doscientos cincuenta mil, y el que contendría la sección más alta del Perdido, detrás de las casas de los propietarios de los aserraderos, ciento cincuenta mil más. Estos propietarios, en una reunión por separado, decidieron sufragar la construcción del dique situado detrás de sus casas y que compartirían con el ayuntamiento el coste del dique para los aserraderos. Eso reducía la cuantía estimada para el pueblo a ochocientos veinticinco mil dólares, una cantidad que, por lo menos, sonaba mejor que un millón cien mil.

James accedió a ir a Bay Minette para reunirse con la asamblea legislativa del condado de Baldwin y sondear la posibilidad de obtener una emisión de bonos a través del Gobierno estatal. Tom DeBordenave hablaría con los bancos de Mobile.

En cualquier caso, después de la reunión todos se sintieron mucho mejor. La inundación de 1919 había sido tan desastrosa e inesperada —y les había cogido tan desprevenidos— que aquel primer paso para proteger el pueblo les pareció un gran avance. Imaginaron lo que sería contar con los diques: las aguas del Perdido y del Blackwater podrían crecer contra los terraplenes de Early Haskew, pero los niños de Perdido seguirían jugando a la comba y a las canicas tan contentos sobre una tierra seca que se encontraba muy por debajo del nivel de las oscuras y traicioneras aguas que crecían amenazantes al otro lado.

Esa misma tarde, mientras Oscar asistía a la reunión del consejo municipal, Elinor se sentó a coser en el porche superior. Zaddie la acompañó y le contó la extraña situación en la que se había encontrado esa tarde en casa de la señora Mary-Love.

—¿Por qué querría presentarme a ese hombre? —preguntó Zaddie con curiosidad, convencida de que Elinor sabría darle la respuesta.

Elinor dejó la labor a un lado. Con los dientes apretados, se levantó y se acercó a la barandilla del porche. El bamboleo de su vientre de embarazada apenas era obstáculo para sus decididos pasos.

—¿De veras no lo sabes, Zaddie?

—No, señora.

Elinor se giró y, con una ira apenas contenida, dijo:

—¡Te ha presentado a ese hombre para que luego volvieras aquí y me lo contaras! ¡Por eso te lo ha presentado!

—¿Disculpe, señora?

—Zaddie, tú ya sabes que la señora Mary-Love no me puede ni ver...

—¡Lo sé, señora! —coincidió Zaddie con énfasis, como si aquella situación hubiera sido el resultado de una astuta estratagema de Elinor.

—... pero aun así quería que supiera que ese hombre ha vuelto al pueblo.

—¿Se refiere al señor Skew?

Elinor asintió con gesto adusto.

—Pero ¿para qué quiere la señora Mary-Love que usted se entere?

—Porque sabe lo mucho que odio a Early Haskew, por eso. Lo ha hecho para sacarme de quicio, Zaddie. Y te diré algo, ¡me saca de quicio!

—¿Por qué?

—¿De verdad no lo sabes, Zaddie? ¿No lo intuyes?

—No, señora.

—¿Sabes qué quiere hacer ese hombre? Quiere contener los ríos. Quiere construir diques alrededor del pueblo para evitar que se desborden.

—Porque no queremos más inundaciones, señora Elinor —dijo Zaddie con cautela—. ¿Verdad?

—No va a haber más inundaciones —aseguró Elinor con rotundidad.

—Ivey dice que podría haberlas. Dice que todo depende de las ardillas.

—Ivey no sabe de lo que habla —sentenció Elinor—. Ivey no sabe nada sobre inundaciones.

Daba vueltas con paso nervioso junto a la larga barandilla del porche, mirando alternativamente hacia la casa de Mary-Love y hacia su espléndida arboleda de robles acuáticos; pero sobre todo admirando al fangoso río Perdido, cuyas aguas rojizas fluían, rápidas y silenciosas, más allá de la casa. Zaddie se había quedado quieta, agarrada a la cadena del columpio, mientras observaba a la señora Elinor.

—Nadie sabe nada de inundaciones, ni de ríos, Zaddie. Lo lógico sería pensar que han aprendido algo, ¿no? Después de tanto tiempo viviendo aquí. Cada vez que miran por la ventana ven el Perdido, cada vez que van a trabajar o a comprar tienen que cruzar un puente y ver el agua bajo sus pies, la misma agua donde pescan su comida de los sábados por la tarde, donde bautizan a sus primogénitos y donde se ahogan los pequeños. Lo lógico sería pensar que a estas alturas saben algo, ¿no es así, Zaddie?

—Sí, señora —murmuró Zaddie, pero Elinor ni siquiera se volvió para mirarla.

—Pues no lo saben —prosiguió Elinor con amargura—. No saben nada. Van a contratar a ese hombre para que construya diques y van a hacer como si los ríos ya no existieran. Y, Zaddie, la señora Mary-Love va a hacer todo lo posible para colaborar en el proyecto, aunque tenga que poner dinero de su propio bolsillo. ¿Y sabes por qué?

—¿Por qué?

—Para fastidiarme. Lo hace por eso y por nada más. Por Dios, cómo me odia esa mujer...

Elinor se giró y se desplomó sobre el columpio. Entonces miró a Zaddie, que se había instalado con cuidado en el contiguo, y se puso en movimiento con un súbito impulso. Apretó ambas manos contra el vientre y, cuando habló, parecía como si sus palabras siguieran el ritmo de las sacudidas de la cadena.

—Zaddie, ¿sabes lo que vamos a ver dentro de unos meses cuando nos sentemos en este columpio?

—No, señora. ¿Qué vamos a ver?

—Un montón de tierra. Ese hombre va a tapar nuestras vistas del río con un montón de tierra. Y Mary-Love va a estar ahí con una pala ayudándolo, solo para provocarme. Le pondrá una pala en las manos a Sister, se llevará a Miriam en su cochecito, se agachará y le dirá: «¡Mira, niña! ¡Mira cómo le arruino las vistas a tu mamá! ¡Mira cómo levanto un muro de tierra frente a los ojos de tu verdadera mamá!». ¡Lo detesto, Zaddie! ¡No lo soporto!

Elinor se balanceaba en el columpio, contemplando el Perdido con respiración áspera e irregular.

—Señora Elinor, ¿puedo hacerle una pregunta? —dijo Zaddie tímidamente.

—Dime.

—¿Y si no ponen el dique? ¿No habrá otra inundación? En algún momento, quiero decir. ¡Hubo gente que murió en la riada, señora Elinor!

Elinor puso un pie en el suelo y el columpio se detuvo con una sacudida tan brusca que casi tira a Zaddie al suelo. Se giró y se quedó mirando fijamente a la niña.

—Zaddie, escúchame bien. Si es que llega a construirse, ese dique no le va a hacer ningún bien al pueblo.

—¿Qué quiere decir?

—Quiero decir que mientras yo viva, mientras viva en esta casa, haya o no dique, no habrá más inundaciones en Perdido. No habrá más riadas.

—Señora Elinor, usted no puede...

Elinor ignoró sus protestas.

—Pero, Zaddie, cuando yo me muera, con dique o sin él, el agua hará desaparecer de la faz de la tierra este pueblo y a todos los que viven en él...

3

El bautismo

Cuando Zaddie le transmitió la noticia de la llegada de Early Haskew, Elinor no sabía que además vi-
viría en la casa de al lado. ¡Mary-Love habría dado lo
que fuera para poder verle la cara cuando se enteró
de que Early iba a dormir en la misma cama que ella
había usado solo unos meses antes! Oscar, que no había sabido prever la reacción de su esposa, lo había
dejado caer como si tal cosa esa tarde. A la tarde siguiente, al pasar por delante de la casa de Mary-Love
de camino al Ritz, Oscar y Elinor vieron a Early sentado en el porche junto a Sister. Elinor se detuvo en
seco, dio media vuelta, se marchó a casa y no volvió
a dirigirle la palabra a Oscar durante el resto de la
noche. Colgó una hamaca en el porche de arriba y
durmió con vistas al río.

A la mañana siguiente, durante el desayuno y ya
más tranquila, le dijo a Oscar:

—Tu madre quiere que pierda este bebé.

Oscar levantó la vista, alarmado.

—¡Pero, Elinor, ¿qué dices?!

—Digo que la señora Mary-Love quiere que aborte. Quiere que Miriam sea hija única para poder restregárnosla por la cara a ti y a mí.

Oscar nunca había oído a Elinor hablar de su hija, y ahora que lo hacía, la perversidad de sus palabras lo dejó perplejo.

—Elinor —dijo muy serio—, eso es horrible. ¿Cómo puedes pensar semejante barbaridad?

—¿Por qué otra razón habría invitado a ese hombre a hospedarse en su casa?

—¿Te refieres al señor Haskew?

—Ese hombre está durmiendo en tu habitación, Oscar.

—Sí, ya lo sé. Y diría que mamá cree que está haciendo una buena obra. Seguro que cree que lo está haciendo en beneficio de Perdido, al facilitarle al señor Haskew un lugar agradable para dibujar sus planos. ¿Sabías que le ha comprado una mesa que le costó sesenta y cinco dólares? ¿Y una silla con asiento giratorio de quince dólares? Mamá lo hizo pensando en el bienestar del señor Haskew.

Elinor se dio la vuelta y miró por la ventana hacia la casa de Mary-Love.

—Me pone enferma estar aquí sentada y ver esa casa, saber que ese hombre está sentado ahí dentro, con un lápiz y una regla, trazando esbozos del dique.

Oscar empezó a entender lo que pasaba.

—Recuerdo que cuando estuvo aquí la otra vez, hace un año o así, el señor Haskew no te gustó...

Elinor le dirigió a su marido una mirada que parecía decir: «Típico eufemismo de Alabama».

—... pero yo creía que era que no te gustaba y ya está, como a mí no me gusta la ocra. Pero no era así, ¿verdad? Era porque había venido a construir el dique y a ti el dique no te gusta.

—Exacto. No me gusta el dique, Oscar. El pueblo no lo necesita. No va a haber más inundaciones.

—Elinor, eso no puedes saberlo. Y es un riesgo que no nos podemos permitir. Yo haría lo posible por impulsar el proyecto aunque estuviera seguro de que no iba a morir nadie más. ¿Tú sabes cuánta madera perdimos en 1919? ¿Sabes cuánto dinero perdimos? ¡Y eso que tuvimos suerte! El pobre Tom DeBordenave aún no se ha recuperado, y no estoy seguro de que vaya a hacerlo nunca. La riada podría repetirse el año que viene y entonces me extrañaría que alguno de nosotros lograra recuperarse.

—El año que viene no habrá riadas —dijo Elinor con calma.

Oscar miró a su mujer, perplejo.

—Elinor —dijo por fin—, no puedes dejar que la presencia del señor Haskew te amargue la vida. Es un hombre muy agradable y estoy seguro de que no le gustaría nada saber que está angustiando a una mujer embarazada que vive en la casa de al lado.

—La señora Mary-Love lo hizo a propósito —insistió Elinor.

Volvían a estar donde habían empezado. Oscar

suspiró, se levantó de la mesa y se preparó para irse a trabajar. Sabía que Elinor tenía una visión tan distorsionada de la situación como un objeto visto a través de tres metros de agua del río. Pero esa tarde, cuando pasó por casa de su madre de camino a la suya, en medio de una discusión sobre la situación del aserradero, Mary-Love dijo:

—Oscar, ¿sabe ya Elinor que el señor Haskew se ha instalado aquí, con nosotros?

—Sí, lo sabe —se limitó a responder Oscar. Tras un cambio de tema tan repentino, lo mejor era dar la respuesta más breve posible: un hombre nunca sabía qué querían sonsacarle.

—Bueno, ¿y qué ha dicho?

El agua del río ya no fluía tan rápido, y Oscar empezaba a ver lo que había en el lecho, muy por debajo de la superficie.

—Pues no gran cosa, mamá. Elinor cree que el pueblo no necesita un dique; no cree que vaya a haber otra inundación. Así que supongo que piensa que el señor Haskew está perdiendo el tiempo y que nosotros estamos tirando el dinero.

Mary-Love resopló con desprecio.

—¿Qué sabrá Elinor de inundaciones y diques? ¿Qué sabrá Elinor de la gente que pierde su casa y su negocio porque se los lleva una riada?

—Bueno, ella también quedó atrapada por el agua —señaló Oscar—. No sé si te acuerdas, pero Bray y yo la encontramos atrapada en el Hotel Osceola.

Mary-Love no dijo nada, pero se le notó en la cara que habría preferido que Elinor Dammert hubiera seguido atrapada en el hotel y hubiera terminado muerta de hambre o de cansancio, así que Oscar respondió como si lo hubiera dicho en voz alta.

—Mamá, si no hubiera rescatado a Elinor y no me hubiera casado con ella, no tendrías a Miriam.

—Eso es verdad —admitió Mary-Love—. Siempre le estaré agradecida por haberme dado a su pequeña. Su primogénita. No tenía por qué hacerlo. Entonces, ¿Elinor no dijo nada sobre el señor Haskew? ¿Le contaste que lo hemos instalado en tu antigua habitación? ¿Y que duerme en la misma cama donde ella dio a luz?

Oscar quedó tan estupefacto que durante unos instantes no supo qué contestar. No podía creer que su madre se hubiera delatado tan fácilmente. Ahora veía con bastante claridad a través del agua del río y se dio cuenta de que Elinor estaba en lo cierto desde el principio: Mary-Love había invitado a Early Haskew para fastidiarla, aunque no tenía tan claro que su madre buscara provocarle un aborto. Constatar la mezquindad en su madre (porque no había otra palabra para definir aquello) hizo que Oscar se pusiera incondicionalmente del lado de su esposa. Se habría dejado arrancar la lengua antes que darle a su madre el gusto de saber que Elinor estaba angustiada por la presencia del ingeniero. De hecho, decidió mentirle a Mary-Love:

—Elinor se alegra de que tengas la compañía de alguien —dijo—. Se imagina que desde que nos mudamos debes de estar bastante sola. Esa casa es tan grande, mamá, y se necesita tanto tiempo y esfuerzo para llevarla, que Elinor no viene tanto como le gustaría.

Mary-Love estudió la expresión anodina y afable del rostro de su hijo como tratando de determinar si estaba interpretando un papel o si hablaba sin pensar en el efecto de sus palabras, como solían a hacer los hombres de Perdido y probablemente de todo el mundo.

Esa noche, durante la cena, Oscar le contó a Elinor todo lo que le había dicho a su madre. Ante aquella retahíla de palabras, a Elinor no le quedó ninguna duda de que Oscar comprendía perfectamente la relevancia de su propio discurso. Elinor, que tenía una mejor opinión de él que la que tenía su madre, sonrió.

—¿Ahora ves lo que te dije, Oscar?

—Tenías razón sobre mamá, aunque nunca la habría creído capaz de actuar así. Pero, Elinor, aun así...

—¿Aun así qué?

—Aun así voy a apoyar al señor Haskew en su proyecto. Creo que tarde o temprano habrá otra riada y me parece necesario construir esos diques. Sé que no te gusta, pero tengo que hacer todo lo posible para proteger el pueblo y los aserraderos.

—Está bien, Oscar —dijo Elinor con sorprendente sosiego—. Has empezado a ver algunas cosas con claridad, pero todavía no todas. Ya llegará el momento en el que te des cuenta de que te estás equivocando...

Al principio, Mary-Love veía en Early Haskew una mera provocación dirigida a su nuera, pero poco a poco este se fue convirtiendo en algo más. Era un buen hombre, educado y agradable, y Mary-Love pronto se acostumbró a su vozarrón y a su hábito de usar el cuchillo para comer guisantes. Sus maneras rústicas no resultaban del todo desagradables en un hombre tan joven y apuesto, aunque Mary-Love estaba segura de que los años terminarían curtiéndolo. A Sister también le gustaba (o, mejor dicho, a Sister le gustaba especialmente), ya que nunca había convivido con ningún hombre que no fuera un familiar cercano.

Early pasaba todo el día en su escritorio, trabajando en la mesa de dibujo. Sister le llevaba tazas de café y galletas que hacía ella misma; si el día era caluroso, le llevaba té helado, y cuando no podía hacer nada más por él, se sentaba en su dormitorio con un libro, contemplando su perfil.

—¡Lo estás molestando! —gritó una vez Mary-Love.

—¡No es verdad! —protestó Sister. En cualquier caso, si era así, Early no daba muestras de ello; al contrario, le agradecía a Sister su atención unas ochenta veces al día, siempre en tono cordial y sincero. Cuando Mary-Love insistía en que Sister dejara al ingeniero tranquilo y se sentara con ella en el porche lateral para ayudarla a coser otra colcha, Sister protestaba sin parar hasta que Mary-Love cedía a regañadientes y la dejaba volver junto a la mesa de dibujo de Early.

A veces, cuando se le cansaba la vista —según decía—, Early bajaba y se sentaba en el porche con Sister y con Mary-Love, y se mecía en el columpio con los ojos cerrados, hablando con voz tranquila. Daba largos paseos por el pueblo, sobre todo por las orillas de los ríos, observando la tierra y estudiando las formaciones de arcilla. Otras veces, Bray lo llevaba en coche a los recodos más profundos de los condados de Baldwin y Escambia para visitar canteras de todo tipo, de las que solía volver cubierto de barro. Después de bañarse y cambiarse de ropa, todavía tenía arcilla roja de Alabama en las arrugas de la cara y bajo las uñas de sus voluminosas manos. Miriam lo adoraba y, por las noches, para deleite de la niña, él la hacía botar sobre sus rodillas durante el tiempo que quisiera.

El contacto entre las casas de Mary-Love y Oscar cesó casi por completo por su culpa. Ya nadie enviaba a Zaddie frutas, conservas ni ningún otro detalle; Oscar no iba de visita con tanta asiduidad como antes. E incluso las hermanas Zaddie e Ivey parecían haber dejado en suspenso su relación de parentesco. Pero Mary-Love se contentaba sabiendo que había clavado una gran espina en el costado de su nuera.

—Oscar —dijo un día Mary-Love a su hijo, para tratar de hurgar en la herida—. Casi nunca vemos a Elinor. ¿Se encuentra bien? Estamos preocupadas.

—Bueno, mamá —contestó Oscar—, se va acercando el momento, ya sabes... Y a Elinor no le conviene cansarse con visitas. De hecho, la tengo encerrada en su dormitorio todo el tiempo —bromeó—. Le he mandado a Zaddie que no se separe de la puerta y que le lea a través del ojo de la cerradura.

Aunque lo había dicho para privar a su madre de la satisfacción de saber lo molesta que seguía estando Elinor, Oscar no había mentido en cuanto al embarazo de su esposa: el momento se acercaba. De hecho, según los cálculos aproximados de Oscar, el bebé (Elinor aún no le había dicho si iba a ser niño o niña) ya debería haber nacido.

Con retraso o sin él, cuando cuatro semanas más tarde el bebé aún no había nacido, Oscar empezó a preocuparse de verdad. Elinor no se encontraba bien y se metió en la cama. El doctor Benquith fue a examinarla y después habló con Oscar.

—Está incómoda —dijo.

—Ya, pero ¿y el bebé? ¿Está bien?

—Está dando pataditas. Lo he notado.

—Bueno, y dime, ¿va a ser niño o niña?

Leo Benquith lo miró con extrañeza y de entrada no respondió.

—Apuesto a que este va a ser un niño —insistió Oscar—. ¿Estoy en lo cierto?

—Oscar —dijo el doctor Benquith, despacio—, tú sabes que no hay manera de saber si va a ser un niño o una niña, ¿verdad?

Oscar pareció desconcertado por un momento, y luego respondió:

—Bueno, eso es lo que yo pensaba antes también; quiero decir, que es lo que siempre había oído. Pero Elinor lo sabe, sé que lo sabe, pero no me lo quiere decir.

—Tu esposa te ha estado tomando el pelo, Oscar.

La curiosidad de Oscar se vio pronto satisfecha, pues el 19 de mayo de 1922 Elinor dio a luz a una niña de dos kilos y medio.

El médico se había ido ya, y Roxie estaba abajo lavando la ropa blanca ensangrentada, cuando Oscar le dijo a Elinor:

—¿Sabías que iba a ser una niña?

—Por supuesto que sí.

—¿Y por qué no me lo dijiste?

—No quería que te llevaras una decepción —respondió Elinor, tendiéndole el bebé a Oscar para que lo viera—. Seguramente querías un niño, Oscar, pero sabía que en cuanto vieras a esta niña la querrías con todas tus fuerzas. Por eso no te dije nada.

—¡Sí, la quiero con todas mis fuerzas! ¡Pero la habría querido igual si me lo hubieras dicho antes!

—Bueno —dijo Elinor con voz dulce, llevándose la niña al pecho—, pues me equivoqué. La próxima vez te lo diré.

Aquella tarde, Mary-Love y Sister hicieron una especie de visita oficial. Sister llevaba a Miriam en brazos, y Oscar se dio cuenta, con cierta incomodidad, de que aquella era la primera vez que su primogénita entraba en casa de sus padres. Después de inspeccionar con curiosidad todas las habitaciones, comentando en voz baja y con desprecio todo lo que veían, Sister y Mary-Love entraron en el dormitorio de Elinor y se colocaron a ambos lados de la cama. Entonces, como obedeciendo a una señal preestablecida, se agacharon al unísono y besaron a Elinor en ambas mejillas. Elinor apartó la esquina de la manta que cubría a la pequeña.

—¿Veis? Ahora tengo una propia —comentó. Entonces miró a su primera hija, que todavía estaba en brazos de Sister—. Miriam —dijo—, esta es tu hermana Frances.

—¿Así es como la vamos a llamar? —preguntó Oscar.

—Sí —contestó Elinor, y tras una pausa añadió—: Era el nombre de mi madre.

—Es un nombre muy bonito —dijo Mary-Love—. Elinor, Sister y yo no queremos cansarte, así que escucha: si necesitas algo, solo tienes que enviar a Zaddie. Lo dejaremos todo y saldremos a buscarlo.

—Se lo agradezco, señora Mary-Love. Gracias, Sister.

—Mamá, nos tenemos que ir. Early debe de estar preguntándose dónde nos hemos metido.

Al oír el nombre del ingeniero, a Elinor se le congeló la educada sonrisa en la cara y no volvió a dirigir la palabra a Sister ni a Mary-Love.

Aquella noche, mientras Elinor (sorprendentemente recuperada) caminaba por la habitación del bebé con Frances en brazos, mientras la arrullaba y la miraba, le hacía carantoñas y se la comía a besos, Oscar hizo una serie de cálculos más precisos sobre el nacimiento de su hija. Retrocedió nueve meses desde la fecha de nacimiento de Frances —Leo Benquith le había dicho que el parto y el embarazo habían sido normales en todos los aspectos— y llegó al 19 de agosto de 1921.

Esa era la fecha en la que se habían mudado a la nueva casa. Recordaba ciertamente que él y Elinor habían hecho el amor esa noche, pues había sido la primera vez en su propia casa. Pero también recordó, con no poca inquietud, que esa noche fue también el momento en que Elinor anunció su embarazo.

La noche que nació Frances Caskey, Elinor declaró su intención de quedarse en la habitación de su bebé. Encantado al ver el interés y el placer de su esposa ante su nueva hija —en marcado contraste con el trato que le dispensaba a Miriam—, Oscar accedió, entusiasmado. Pasó mucho rato despierto en la cama, tratando de conciliar el sueño, pensando en Elinor, en el embarazo y en la peculiar coincidencia de fechas.

En la casa contigua, Early Haskew roncaba más fuerte aún de lo que hablaba. Mary-Love daba vueltas en la cama, reflexionando sobre el efecto que el nacimiento de Frances iba a tener en las cosas y con el temor de que aquella niña fuera la llave de Elinor para obtener una ascendencia reconocida por todos en Perdido. En su habitación, los pensamientos de Sister alternaban entre Miriam, a quien quería mucho, y el hombre que roncaba en el dormitorio del fondo del pasillo, al que tampoco era en absoluto indiferente. En la cama, junto a Sister, la pequeña Miriam Caskey tenía sueños carentes de forma sobre cosas sin nombre: cosas de comer, cosas que apilar y cosas que esconder en la cajita de los tesoros que le había regalado Mary-Love.

Y en la casa contigua, Grace Caskey daba vueltas en la cama, tan emocionada por el nacimiento de Frances que ni siquiera quería dormirse. Grace imaginaba un trío de primas (ella, Miriam y Frances) leales y cariñosas. Entretanto, James Caskey pensaba

(¿o soñaba?) en la tierra que cubría la tumba de su esposa y se preguntaba si no habría que plantar una mata de verbena o de *phlox*. Finalmente, todos los Caskey se durmieron y soñaron con todo aquello que les preocupaba.

Aquella noche, mientras los Caskey dormían y soñaban, la niebla del río Perdido se levantó y se extendió sobre la reseca propiedad de los Caskey.

La niebla no era infrecuente en esa parte de Alabama, pero solo se daba por la noche y pocos la veían. Aquella niebla en concreto, más espesa y oscura de lo habitual, surgió del río como una bestia de presa que, tras un largo sueño diurno, despertara al anochecer, deseosa de saciar su hambre. Descendió sobre las casas de los Caskey, rodeándolas con una bruma silenciosa, espesa e inmóvil. Lo que antes había sido solo oscuridad, ahora era negrura. La niebla era tan silenciosa, tan sutil, que su llegada no despertó a nadie, pero impregnó las casas y envolvió a los durmientes con una humedad asfixiante. Incluso los ronquidos de Early Haskew quedaron amortiguados. Aun así, ninguno de los Caskey se despertó, y si lucharon contra ella, lo hicieron solo en sueños, sueños en los que la opresiva niebla tenía brazos y piernas húmedos y resbaladizos, y una boca que exhalaba bruma y noche.

Zaddie Sapp fue la única que tomó conciencia de ello. Soñó con la niebla, soñó que sus dedos húmedos apartaban la sábana de su catre hasta que le entraba frío, y soñó que la niebla la despertaba y le hacía señas para que abandonara la seguridad del cuartito que había detrás de la cocina. Tan convincente era el sueño que Zaddie abrió los ojos para demostrarse a sí misma que la niebla no estaba allí. Pero al mirar al techo, vio unas gruesas volutas de niebla que flotaban ante su ventana. En ese preciso instante oyó el chirrido húmedo, tenue y amortiguado de las bisagras de la verja del fondo de la casa. El sonido parecía tan lejano que al principio creyó que sus oídos la estaban engañando, pero entonces oyó un paso en la escalera que conducía al patio trasero.

Se incorporó de repente y las volutas de niebla se arremolinaron formando una repentina turbulencia ante sus ojos. Zaddie no temía a los ladrones, porque nadie había robado nada en Perdido desde que «Railroad» Bill asaltara el aserradero de los Turk en 1883, pero aun así se asomó con inquietud a la ventana. Apenas se veía nada a través de la niebla, pero cuando entornó los ojos distinguió una silueta oscura que bajaba lentamente los escalones.

Zaddie supo que era Elinor.

Uno de los peldaños crujió. La silueta se detuvo y Zaddie creyó intuir que Elinor llevaba algo en brazos. Y ¿qué es lo que una mujer suele llevar en brazos sino un bebé?

El aire nocturno y la niebla no podían ser buenos para una niña que aún no tenía ni un día de vida. Vestida solo con su camisón, y sin pensar siquiera en ponerse los zapatos, Zaddie salió sigilosamente de la cama, abrió la puerta de su cuartito y salió al porche trasero. Empujó la puerta con suavidad, pero sin intentar disimular su presencia. Se detuvo en los escalones traseros y cerró la puerta a sus espaldas.

Elinor estaba en el patio delantero, casi invisible en medio de la niebla.

—Señora Elinor —dijo Zaddie en voz baja.

—Zaddie, vuelve adentro.

Elinor hablaba con voz húmeda y ensoñada, una voz que parecía venir de una gran distancia. Zaddie dudó un instante.

—Señora Elinor —insistió—, ¿qué hace aquí con ese precioso bebé?

Elinor cambió a la niña de posición en sus brazos.

—Voy a bautizarla en el agua del Perdido. Y no necesito que me ayudes, así que vuelve adentro, ¿me oyes? Una niña como tú podría perderse en la niebla y morir.

Su voz se desvaneció, al igual que su silueta. Elinor se perdió en la niebla. Zaddie dio unos pasos a toda prisa, preocupada por la seguridad de la niña.

—¡Señora Elinor! —susurró en la densa oscuridad.

No hubo respuesta.

Zaddie echó a correr hacia el río. Se tropezó con la raíz de uno de los de robles acuáticos, que sobresalía del suelo, y cayó de bruces sobre la arena. La muchacha se levantó y justo entonces la niebla se disipó momentáneamente y logró distinguir la figura de la señora Elinor a orillas del río.

De nuevo se apresuró a avanzar y agarró el camisón de su ama.

—Zaddie —dijo Elinor, con voz aún distante y extraña—, te dije que te quedaras atrás.

—¡Señora Elinor, no meta a la niña en el agua! Elinor se rio.

—¿En serio crees que el río va a hacerle daño a mi pequeña?

Y con esas palabras, Elinor arrojó a su hija recién nacida a la corriente negra del Perdido, como un pescador devolviendo un pez demasiado pequeño al río.

Zaddie llevaba mucho tiempo temiendo el Perdido, pues sabía cuánta gente se había ahogado en su implacable corriente. Había oído las historias de Ivey sobre lo que vivía en el lecho del río y todas las cosas que se escondían en el barro. Pero a pesar de su miedo, de que era de noche y de la densa niebla, Zaddie se lanzó al agua para tratar de rescatar a aquel bebé al que su madre había arrojado al río.

—¡Vuelve, Zaddie! —gritó Elinor—. Te vas a ahogar.

Zaddie agarró a la niña, o al menos creyó haberla agarrado. Metió las manos bajo la superficie y sacó algo del agua. Pero aquello se parecía muy poco a un bebé: era resbaladizo, compacto y al mismo tiempo viscoso —un tacto parecido al de un pez—, y Zaddie estuvo a punto de volver a soltarlo. Se estremeció de repulsión por aquella cosa que tenía entre las manos, pero se armó de valor y la sacó del agua. Lo que tenía entre las manos era algo negro y repulsivo, como una cabeza sin cuello unida a un grueso tronco. Aquella cosa estaba cubierta de cieno y tenía una cola rechoncha, casi tan gruesa como su cuerpo, que se agitaba convulsivamente. Al verse fuera del agua luchó por zafarse y volver a su elemento, pero Zaddie la sujetó con fuerza, hundiendo los dedos en su repugnante carne. Su boca de pez escupió un chorro de agua espumosa, y la cola, que seguía sacudiéndose, golpeó los antebrazos de Zaddie. Unos ojos saltones y apagados la miraron fijamente.

Elinor agarró del hombro a Zaddie. La muchacha se puso muy rígida y miró alrededor.

—Ya lo ves —dijo Elinor—, mi niña está bien.

En los brazos de Zaddie yacía Frances Caskey, desnuda y lánguida; el agua del río Perdido le goteaba lentamente de los codos y los pies.

—Sal del agua, Zaddie —dijo Elinor, tirando a la niña de la manga del vestido—. El lecho está embarrado, y podrías resbalarte...

A la mañana siguiente, Roxie sacó a Zaddie de su profundo sueño.

—¡Niña! —dijo—. ¡Aún no has empezado ni a rastrillar, esta mañana! ¿Qué te pasa?

Zaddie se vistió a toda prisa, sobresaltada pero aliviada de que su aventura de la noche anterior no hubiera sido más que un sueño. Había transitado por una pesadilla, había llegado a un lugar seguro y un sueño profundo se había apoderado inmediatamente de ella. A la luz de la mañana, comprendió que era imposible que Elinor hubiera arrojado a su hija recién nacida a las aguas del Perdido, y Zaddie ni siquiera se permitió pensar en lo que había atrapado entre sus manos en el sueño.

Corrió a la cocina y engulló una galleta. Entonces agarró el rastrillo de su rincón habitual y abrió de golpe la puerta trasera. Por un momento, el sonido de las bisagras la llevó de vuelta a la pesadilla, pero Zaddie se limitó a reírse de sus propios miedos. Bajó corriendo los escalones traseros, pero entonces se detuvo en seco.

Había cuatro pares de pisadas sobre la arena, dos que bajaban hacia el río y dos que regresaban. Y alrededor de estas últimas pisadas había unas pequeñas marcas circulares como las que dejan las gotas de agua cuando caen sobre la arena y luego se secan.

Zaddie salió al patio gris con el corazón en un puño. Bajó la mirada y borró a conciencia las pisadas que iban y venían del río, como si con ello pudiera borrar lo que, después de todo, no había sido un sueño. Mientras rastrillaba, oyó a Elinor en el porche del primer piso, cantando una nana desafinada a su hija recién nacida.

4

El Padre, el Hijo
y el Espíritu Santo

Durante los días en torno al nacimiento de su sobrina Frances, Sister Caskey se sintió abrumada por una sensación de impotencia e insignificancia. No entendía por qué de pronto aquello la afectaba tanto, si hasta ese momento siempre se había conformado con su situación. Tal vez tuviera algo que ver con el matrimonio de Oscar con Elinor y con el hecho de que hubieran huido de casa mientras ella se quedaba y se convertía en la esponja del resentimiento de Mary-Love por la pérdida de su hijo. Tal vez estuviera relacionado con la propia Elinor, que era más joven que Sister pero indiscutiblemente más poderosa. Elinor había luchado de igual a igual con Mary-Love. O tal vez Sister estaba cansada de las quejas de su madre contra Elinor, contra el pueblo y contra ella misma. De un tiempo a esta parte, Mary-Love parecía querer ejercer un mayor control sobre Miriam, que hasta entonces siempre había compartido a partes iguales con su hija. Eso era lo que más molestaba a Sister. Sabía que pronto Mary-Love le quitaría a la niña por completo, y entonces volvería a quedarse sola.

Aunque los Caskey estaban mejor situados que casi cualquier otra familia de Perdido, Sister tenía muy pocas cosas que fueran realmente suyas. No poseía más que un puñado de acciones que le habían regalado por su cumpleaños y que le reportaban unos dividendos tan erráticos como insignificantes. Recordaba muy bien las joyas de los Caskey, enterradas con Genevieve y que tan misteriosamente habían aparecido a través del techo del dormitorio delantero de la casa de Elinor. Pero Sister no había rascado nada de aquel tesoro. Salvo las perlas negras que se había llevado Elinor, Mary-Love se lo había quedado todo para ella y para Miriam. Una mañana de julio, Sister —que ya empezaba a pensar que nunca le pedían su opinión sobre ningún asunto importante—, se presentó en el despacho de James en el aserradero y le dijo que estaba preparada para cualquier tarea que quisiera asignarle. James dirigió una mirada de perplejidad y recelo a su sobrina, y le dijo:

—Por Dios, Sister, pero si ni siquiera yo entiendo cómo funciona este lugar, ¡no sé para qué vienes a preguntarme a mí!

Acto seguido fue a ver a su hermano con la misma propuesta, pero Oscar le dijo:

—Sister, aquí no hay nada para ti, a no ser que

sepas escribir a máquina o arreglar astilladoras estropeadas, y sé a ciencia cierta que no es el caso.

Sister sentía que la familia conspiraba para negarle la dignidad y la satisfacción de las responsabilidades humanas más elementales.

Le sugirió a Mary-Love que tal vez podría abrir una mercería en la calle Palafox y vender hilos y botones, pero Mary-Love le dijo:

—No, Sister, no te voy a dar el dinero, porque el local cerraría en seis meses. ¿Qué sabes tú de llevar una tienda? Además, te quiero aquí en casa conmigo.

Cuando su madre pronunció esas palabras, Sister se dio cuenta de que «en casa» era precisamente donde no quería pasar el resto de su vida.

Sister estaba cansada de todo eso, pero creía vislumbrar una salida.

Su solución no era nueva. De hecho, era un remedio habitual en el mundo entero: encontrar marido resolvería todos sus problemas. Cuando empezó a buscar candidatos para el puesto, constató que, para su satisfacción, el hombre más adecuado de Perdido, el más apropiado para sus propósitos, era también el que tenía más a mano, el hombre cuyos ronquidos oía todas las noches al otro lado del pasillo: Early Haskew.

Early era un tipo apuesto y campechano. Era ingeniero y todo parecía indicar que tenía un buen futuro por delante. Y les gustaba a todos los Caskey. Pero en realidad todo eso a Sister la traía sin cuidado. Lo más importante de Early Haskew era que cuando el dique estuviera terminado se marcharía de Perdido. Y era de suponer que, si para entonces estaba casado, se llevaría a su mujer con él.

Sister no tenía experiencia ni con las formas más elementales del coqueteo y la seducción, y en aquel asunto no podía acudir a su madre ni a las amigas de esta en busca de consejo. Elinor también estaba descartada, de modo que Sister recurrió a la misma persona a la que había acudido ya una o dos veces antes: Ivey Sapp, la cocinera y criada de Mary-Love. Sabía que cualquier consejo que le diera Ivey sería sobrenatural, tanto en la teoría como en la práctica, pero no le quedaba otra alternativa. «No tengo nadie más a quien acudir», se dijo Sister, de modo que una tarde bajó a la cocina y, sin más preámbulos, le dijo a Ivey:

—Ivey, ¿puedes ayudarme a que me case?

—Desde luego —respondió esta, sin dudarlo—. ¿Con alguien en particular?

Ivey Sapp había llegado a casa de Mary-Love hacía unos tres años, cuando tenía dieciséis. Era una chica regordeta, de reluciente piel oscura, y tenía las piernas permanentemente arqueadas de tanto montar la mula de los Sapp alrededor del molino de caña de azúcar, a veces durante doce horas al día. Al final se había cansado de la opresiva monotonía de su existencia en aquella casa, ansiosa de experimentar lo que su madre, Creola, llamaba despectivamente «la vida urbana», y le habían concertado una especie de matrimonio con Bray Sugarwhite, un hombre mucho mayor que ella, pero que la trataba con amabilidad y estaba bien situado en la casa de los Caskey.

El principal defecto de Ivey (por lo menos a ojos de Mary-Love) era una especie de superstición desenfrenada que le hacía ver demonios en cada árbol, presagios en cada nube y motivos oscuros en cada accidente. Ivey Sapp dormía con amuletos y llevaba un collar con cosas raras colgando. Jamás empezaba a enlatar un viernes, y si veía a alguien abrir un paraguas dentro de casa salía corriendo y no volvía en todo el día. No sacaba las cenizas después de las tres de la tarde para que no hubiera una muerte en la familia. Nunca barría pasado el anochecer, para no echar la buena suerte por la puerta. No limpiaba el día de Año Nuevo para no tener que limpiar un cadáver el año siguiente. Su vida estaba llena de prohibiciones y excepciones, y tenía una rima o refrán para cada una de ellas, de tal modo que era raro el día en que hacía todas sus tareas sin rechistar. A veces Mary-Love decía estar convencida de que Ivey se inventaba la mitad de aquellas supersticiones para eludir sus obligaciones, pero la verdad era que muchas de estas no tenían ninguna relación con el trabajo. Así, uno de los hechos más desconcertantes de la vida en la casa de los Caskey era que incluso el gesto más inocente que Ivey veía (o que alguien le comunicaba) podía desencadenar una funesta predicción: «Quien canta antes de comer llora antes de dormir», por ejemplo. Antes de que naciera Miriam, Mary-Love siempre había dicho que se alegraba de que no hubiera niños en la casa, porque Ivey los habría convertido en criaturas lloronas y asustadizas, con todos esos cuentos y advertencias sobre los peligros que aguardaban en el bosque, te espiaban por las ventanas y viajaban como polizones debajo de tu barca.

—Entonces, ¿qué debo hacer? —preguntó Sister después de confesarle a Ivey con cierto reparo que quería casarse nada menos que con Early Haskew.

Ivey se sentó a la mesa de la cocina y pareció perderse en sus pensamientos y murmullos, mientras empezaba a cortar mecánicamente las puntas de las judías que había en un cuenco. Sister se sentó a su lado, impaciente, pero no se atrevió a interrumpir aquel trance. Se decía a sí misma que no confiaba en la superstición, ni en los amuletos y rituales de Ivey, pero era difícil mantener el escepticismo viéndola tan profundamente sumida en sus conjuros. Después de varios minutos, Ivey cerró los ojos y dejó caer las manos inertes sobre su regazo. Permaneció inmóvil durante tanto tiempo que Sister empezó a preocuparse, pero de repente abrió los ojos y preguntó:

—¿Qué día es hoy?

—Miércoles —respondió Sister, tan asustada como si Ivey le hubiera dicho: «Acabo de ver al Señor de los ángeles del infierno».

—El viernes sal y cómprame una gallina viva —dijo Ivey.

Sister se reclinó en la silla, confundida.

—Pero Ivey...

—Y no se la compres a una mujer, asegúrate de que te la venda un hombre. Una gallina comprada a una mujer no nos serviría de nada.

El viernes, Sister fue al centro y merodeó por la tienda de Grady Henderson hasta que Thelma Henderson dejó el mostrador y se metió en la parte de atrás a por algo. Entonces Sister salió de detrás de un barril y dijo:

—Grady, ¿puede traerme una gallina, por favor? Tengo mucha prisa.

—Thelma saldrá enseguida, señora Caskey. Ella la atenderá.

—¡Ay, Señor! Grady, acabo de mirar el reloj —no llevaba ninguno, y el tendero lo vio perfectamente— y debería haber vuelto a la casa hace media hora. ¿Usted se imagina lo que me dirá mi madre?

Grady Henderson conocía a Mary-Love y se lo podía imaginar.

—¿Cuál quiere? —preguntó, acercándose a una vitrina llena de pollos en bandejas de porcelana.

—Necesito una viva, ¿puede traerme una de atrás? Tiene que ser una gallina joven, que aún no haya puesto un huevo —añadió ansiosa y algo avergonzada—. Seguro que tendrá alguna, ¿no?

Grady Henderson miró fijamente a Sister, se encogió de hombros y salió por la puerta trasera. Sister lo siguió hasta el oscuro cobertizo donde estaban los gallineros.

—Esa de ahí —dijo Grady, señalando un gallinero que contenía media docena de pollos blancos y sucios de diversos tamaños y edades.

Sister asintió con la cabeza.

—Parece joven —dijo.

El señor Henderson abrió el gallinero, agarró la gallina por el cuello y la arrojó a una balanza que colgaba del techo.

—Dos libras y media. Le sale por unos cuarenta y cinco centavos. La meteré en una bolsa y puede ir adentro y pagarle a Thelma.

—No —exclamó Sister alarmada, y se sacó un billete de un dólar del bolsillo—. Tenga, Grady, quédese con el cambio. ¡Tengo que volver a casa!

—La noto muy extraña hoy, señorita Caskey. Me ha dado un dólar entero. ¡Déjeme darle otra gallina!

—¡No, solo quiero esta! —insistió Sister. Entonces se recompuso y, más tranquila, añadió—: No pasa nada.

Sister corrió hasta su casa, sosteniendo ante ella el saco de arpillera con la gallina viva dentro, y se coló por la parte de atrás para que no la viera su madre.

—Su mamá salió —dijo Ivey, mirando el saco—. Ha dicho que volverá a la hora de comer, así que vamos a hacer esto ahora mismo.

—Pero ¿no hay que esperar hasta que oscurezca?

—¿Para qué? ¿Con quién ha estado hablando, señorita Caskey? Sé lo que estoy haciendo.

Entonces, sin ritos místicos ni conjuros pronunciados a media voz, y mientras Sister sujetaba el saco, Ivey metió la mano y le retorció el pescuezo a la pobre gallina. A continuación juntó las manos de Sister y cerró la boca del saco, que había empezado a sacudirse. Sister lo sostuvo con el brazo extendido y observó con horror cómo las manchas de sangre empapaban la arpillera. Cuando el movimiento cesó, Ivey volvió a meter la mano y sacó la gallina. Tenía las plumas salpicadas de la sangre que había brotado del cuello roto. Sujetando a la desdichada ave por las patas, Ivey le abrió el pecho con un pequeño cuchillo, introdujo sus regordetes dedos en el interior, tanteó un momento y finalmente sacó el corazón ensangrentado, que dejó caer sin contemplaciones sobre un platito en la mesa de la cocina.

Mientras Sister limpiaba la sangre, Ivey enterró el cuerpo y la cabeza del animal en un agujero que había cavado en la arena, junto a los escalones de la cocina. Dobló la arpillera y la escondió bajo una pila de periódicos viejos en el porche trasero. Sister observó sus idas y venidas sin atreverse a preguntar qué partes de aquel complejo procedimiento eran legítimas y necesarias, y cuáles tenían como único objeto impedir que Mary-Love se enterara del asunto. Ivey le indicó a Sister que la siguiera a la cocina.

De un cajón de utensilios de cocina, Ivey sacó cinco pinchos y los colocó delicadamente sobre la mesa de la cocina. Luego se sentó delante, cogió el plato con el corazón de la gallina y se lo ofreció a Sister, que cogió el corazón con cierta aprensión.

Ivey estrelló el platillo contra el suelo de la cocina y le hizo un gesto a Sister para que diera vueltas alrededor de la mesa. Sister, medio avergonzada, medio temerosa, lo hizo.

—El Padre, el Hijo y el Espíritu Santo —dijo Ivey.

—El Padre, el Hijo y el Espíritu Santo —repitió Sister. Siguiendo las silenciosas instrucciones de Ivey, dio tres vueltas más alrededor de la mesa, repitiendo cada vez el mismo conjuro, cuya familiaridad le resultaba reconfortante.

Cuando terminó de dar vueltas alrededor de la mesa, Sister se colocó junto a la silla de Ivey. Esta cogió entonces uno de los pinchos, se lo entregó a Sister y le indicó un punto en el lado derecho del corazón de la gallina, que seguía sobre la mano extendida de Sister. La joven ya había comprendido que Ivey le daría todas las indicaciones en silencio, excepto los conjuros, que Sister debía repetir al pie de la letra.

Mientras Sister perforaba el corazón con el pincho y lo atravesaba, Ivey dijo:

—Tal como yo ahora atravieso el corazón de esta gallina inocente, el corazón de Early Haskew quedará atravesado por su amor hacia mí.

Sister sostuvo el extremo del pincho con los ojos muy abiertos y repitió aquellas palabras.

Para el segundo pincho, Ivey señaló un punto en la parte delantera del corazón de la gallina y dijo:

—Esta estocada atravesará el corazón de Early hasta el día en que me pida que sea su esposa.

Sister repitió las palabras mientras clavaba el pincho.

El tercero iba de la parte trasera a la delantera, y, después de Ivey, Sister dijo:

—En la vida y en la muerte, Early Haskew, mi lugar es junto a ti.

El cuarto pincho iba de lado a lado, de izquierda a derecha.

—Lo que es mío es tuyo, lo que es tuyo es mío.

Ivey cogió el último pincho y clavó la punta en la parte inferior del corazón. Sister atravesó el corazón desde ahí, hasta que la punta salió por la parte superior, con una gota de sangre.

—Cinco heridas tenía Jesús y por ellas serás herido de muerte, Early Haskew, si no somos marido y mujer en el plazo de un año. En el nombre del Padre, del Hijo y del Espíritu Santo. Amén.

Sister estaba a punto de protestar diciendo que

no deseaba que la alternativa a su matrimonio fuera la muerte de Early, pero Ivey la mandó callar con una enfática sacudida de cabeza. Entonces esta se levantó de la mesa, se acercó al horno y abrió la rejilla. Sister se dio cuenta de que Ivey lo había mantenido encendido durante toda la tarde.

Sister arrojó el corazón ensartado al interior del horno, donde cayó sobre un lecho de brasas candentes y empezó a chisporrotear. Ambas muchachas se asomaron y vieron cómo este prendía y ardía con una llama carmesí. Pronto no quedaron más que los cinco pinchos incandescentes, que finalmente cayeron sobre las brasas, aún entrelazados, formando un pentágono.

Ivey cerró la puerta del horno de golpe. Las dos se enderezaron y, al unísono, repitieron el conjuro que, de pronto, a Sister ya no le parecía tan familiar ni tan reconfortante.

—En el nombre del Padre, del Hijo y del Espíritu Santo.

5

Dominó

El primer aserradero de Perdido lo construyó Roland Caskey en 1875. Más tarde el anciano se hizo con el derecho de tala de siete mil quinientas hectáreas de terrenos madereros en los condados de Baldwin y Escambia. En el momento de su muerte en 1895, el aserradero de los Caskey producía sesenta metros cúbicos de madera al día. Los árboles talados que no podían procesar en el aserradero de Perdido se enviaban río abajo hasta el aserradero de reserva de Seminole. Roland Caskey había sido analfabeto hasta su muerte, pero era capaz de mirar un bosque de una hectárea y calcular, con un margen de error inferior a los 0.05 metros cúbicos, la cantidad de madera que iba a generar. Además, había tenido el sentido común de casarse con una mujer inteligente, Elvennia Caskey, que le dio dos hijos y una hija. La hija murió a causa de la mordedura de una serpiente acuática que salió del río Perdido y reptó hasta el césped de su casa, pero los dos hijos crecieron fuertes y sanos. Y gracias a los esfuerzos de su madre, se convirtieron en hombres educados, con buenos modales y emocionalmente sensibles. De hecho, Roland solía quejarse de «la impronta de feminidad» que esa educación había dejado en su hijo mayor, James, un muchacho blando y afeminado.

Cuando Roland Caskey se instaló en la zona, los condados de Baldwin y Escambia estaban cubiertos de impenetrables bosques de pino, y aunque parecía inconcebible que pudieran agotarse algún día, bastaron tres aserraderos funcionando a pleno rendimiento para empezar a lograrlo. La expansión de los usos de la resina y la trementina no hizo más que empeorar las cosas, ya que miles de árboles se consumieron «desangrados» por explotadores furtivos sin recursos. Una vez un árbol se desangraba, ya no valía la pena cortarlo. El bosque fue retrocediendo alrededor de Perdido, y los páramos más alejados se volvieron aún menos densos a medida que los árboles desangrados morían y se derrumbaban con la primera tormenta primaveral. Roland Caskey protestó amargamente cuando el secretario del Interior propuso una estricta legislación para la preservación de los bosques y exigió una aplicación más severa de la legislación anterior.

El testamento de Roland Caskey dividió sus posesiones a partes iguales entre su esposa y su hijo menor Randolph, y dejó tan solo una pequeña renta anual de mantenimiento al otro hijo, James. En el preámbulo del documento dictado, el viejo Roland declaró que no habría podido descansar en paz sabiendo que había entregado la explotación de su imperio forestal a un hombre «marcado con el sello de la feminidad». Sin embargo, al día siguiente de la legalización del testamento, Elvennia Caskey cedió su mitad al hijo desheredado. Aunque en realidad no fue solo ese gesto de generosidad lo que hizo que James Caskey permaneciera junto a su madre hasta su muerte y la cuidara con inquebrantable afecto durante años de senilidad y desamparo físico. James no podía ni pensar en la idea de casarse sin tener la sensación de haberse metido algo desagradable en la boca.

Cuando James y Randolph, en un esfuerzo conjunto poco habitual entre hermanos, se hicieron cargo de la explotación del aserradero de los Caskey, comenzaron a adquirir todos los terrenos de alrededor de Perdido que pudieron. Su padre y los propietarios de los demás aserraderos creían que comprar terrenos madereros era un despilfarro de capital: era mucho más barato pagar a los propietarios por el derecho de explotación forestal. La nueva práctica comercial de James y Randolph fue objeto de asombro y burla por parte de todo el mundo, pero los hermanos persistieron. Una vez adquiridos los terrenos, se dedicaron a talar sistemáticamente lo que crecía en ellos y a replantarlos de inmediato. En cinco años, los Turk y los DeBordenave tuvieron que admitir la sensatez de aquella política y decidieron imitarla.

El viejo aserradero de los Puckett, también en Perdido, terminó finalmente quebrando, pues se quedó sin madera que comprar.

Durante veinte años, los aserraderos de los DeBordenave y de los Turk ocuparon el segundo y tercer lugar tras el de los Caskey. A veces los DeBordenave tenían un año mejor que los Turk, y viceversa, pero los propietarios de los aserraderos eran los únicos que sabían realmente qué empresa valía más. En todo caso, los Caskey eran quienes poseían más tierras y no dejaban de adquirir nuevas propiedades cada vez que se les presentaba la oportunidad. Randolph Caskey murió mientras su hijo Oscar estudiaba en la Universidad de Alabama. James dirigió el aserradero como buenamente pudo durante dos años, hasta que Oscar regresó a Perdido para ocupar el puesto de su padre. Oscar y James, animados por Mary-Love, no dudaron en comprar una hectárea de pino ellioti rodeada por bosques de los Turk. Los aserraderos más pequeños estaban procesando ya la segunda o tercera tala de sus terrenos, pero los Caskey tenían varias hectáreas de bosque virgen, algo raro en aquellos lares.

Mary-Love y James Caskey eran los propietarios del aserradero y de los terrenos, pero Oscar dirigía todas las operaciones. James iba a su oficina todos los días y siempre encontraba alguna forma de mantenerse ocupado, generalmente con la correspondencia. Pero gran parte de su trabajo era prescindible y, de hecho, podría haberlo hecho un hombre contratado por dos mil dólares al año. En cambio, la empresa no podía funcionar sin Oscar. Y, sin embargo, a pesar de todos sus esfuerzos y de las interminables jornadas de trabajo, tenía tan poco dinero como la pobre Sister. Y todo el mundo sabía que Sister no tenía nada.

La gente del pueblo que no sabía nada de la situación de la familia veía las tres casas de los Caskey y sacaba sus propias conclusiones del hecho de que Elinor y Oscar vivieran en la más grande y la más nueva. Todos creían que sin Oscar el aserradero iría a la quiebra en cuestión de semanas e imaginaban que este poseería desde luego una parte sustancial del capital de los Caskey. Pero no era así. Oscar y Elinor ni siquiera eran dueños de las casas donde vivían. Esta había sido un regalo de Mary-Love, que, sin embargo, nunca se había tomado la molestia de firmar el traspaso de las escrituras. En una ocasión, Elinor apremió a Oscar a que le recordara a su madre aquella omisión, pero Mary-Love reaccionó airada.

—¡Oscar! —exclamó—. Pero ¿qué creéis, tú y Elinor? ¿Que os voy a echar a la calle? ¿A quién iba a meter ahí? Cuando vivíais al final del pasillo no quería que os fuerais de mi casa. ¿En serio creéis que voy a dejar que os marchéis más lejos de mí que a la casa de al lado?

Oscar volvió a su casa y le contó a Elinor lo que había dicho su madre, pero Elinor no se dejó convencer tan fácilmente y mandó volver a Oscar. Y esta vez recibió una respuesta aún más airada de su madre:

—¡Oscar, tú y Elinor os quedaréis con la casa cuando yo muera! ¿Queréis que os enseñe el testamento? ¿En serio no podéis esperar a que me muera?

Oscar se negó a volver a sacar el asunto, pero Elinor seguía sin estar satisfecha.

A los habitantes de Perdido les habría sorprendido descubrir el modesto salario que Oscar percibía del aserradero. En una ocasión, Oscar se aventuró a quejarse a James, y este expuso el caso ante su cuñada.

—¿Qué necesitan? —dijo Mary-Love—. Dímelo, James, y saldré a comprarlo. Le diré a Bray que se lo deje en la puerta de casa.

—No se trata de eso, Mary-Love —respondió James—. No necesitan muebles nuevos, ni un coche nuevo, ni nada por el estilo. Pero Elinor necesita dinero para comprar comida cada semana. Necesitan dinero para pagar al carbonero en invierno. La semana pasada Oscar encargó un nuevo juego de dominó de marfil, y cuando llegó tuvo que pedirme prestados diez dólares para pagarlo. Mary-Love, yo creo que al bueno de Oscar le corresponde un poco más de dinero. Sabes que se lo gana sobradamente.

—Dile a Oscar que venga a verme —insistió Mary-Love—. Le daré todo lo que quiera. Y dile a Elinor que llame a mi puerta; obtendrá todo lo que desee.

A Mary-Love le gustaba verse a sí misma como el cuerno de la abundancia de la familia y por eso se dedicaba a repartir regalos de todo tipo, de forma incesante y sin escatimar esfuerzos. Se consideraba holgadamente recompensada por la gratitud de sus hijos, y si percibía que estos no estaban lo bastante agradecidos, también podía hacer algo al respecto. No le resultaba nada difícil mantener a Sister en una posición de dependencia servil, porque la joven (Mary-Love estaba segura) no tenía perspectivas matrimoniales ni dinero propio. Sister nunca abandonaría Perdido, ni la casa de su madre, ni el ferviente abrazo de Mary-Love. Oscar, en cambio, se había lanzado impulsivamente a aquel matrimonio con Elinor, y con ello había debilitado el cordón emocional que los unía. Los lazos económicos entre madre e hijo, sin embargo, seguían siendo fuertes, y eso no cambiaría mientras la cuestión dependiera de Mary-Love. Doña Generosa no tenía intención de permitir que Oscar se librara de sus favores.

Elinor comprendía claramente la situación, y así se lo explicó a su marido.

—Tal vez tengas razón, Elinor —dijo Oscar—. Es muy probable que mamá actúe como tú dices. Y a mí también me da pena por Sister, la pobre. Pero, ¿qué puedo hacer yo?

—Puedes enfrentarte a ella. Puedes decirle que, si no te pagan un sueldo decente, dejarás el aserradero en la ruina. Puedes decirle que haremos las maletas y nos mudaremos a Bayou La Batre el próximo martes, y que yo regresaré dentro de un mes para recoger a Miriam. Eso es lo que puedes hacer.

—No, no puedo. Mamá no me creería, sabría que es un farol. ¿Qué íbamos a hacer tú y yo en Bayou La Batre? Es un lugar deprimente. Y yo no sé nada sobre la pesca de la gamba.

—Si James y tu madre hicieran lo correcto —siguió Elinor—, te darían un tercio de los beneficios del aserradero. Y te cederían un tercio de los terrenos de los Caskey.

Oscar soltó un silbido solo de pensar en ello.

—Pero no lo harán.

—Puede que no de entrada —dijo Elinor pensativa—, pero si tú no vas a tomar cartas en el asunto, Oscar, me tocará a mí hacerlo...

—¿Qué piensas hacer? —preguntó Oscar, inquieto.

—Todavía no lo sé. Pero déjame que te diga algo, Oscar: sacrificaría lo que fuera para ponerte en el lugar que te corresponde.

—Elinor, por mí no tienes por qué molestarte. Nos va bastante bien, ¿no te parece?

—No tan bien como podría irnos, Oscar. No me casé con un cualquiera, ¿sabes? Mi padre solía decir que le gustaría ver qué hombre elegiría para casarme. Y mi madre siempre añadía que sería muy poderoso o muy rico.

Oscar se rio.

—Pues supongo que les has demostrado que se equivocaban. Yo no soy poderoso, y desde luego no soy rico.

—Mamá y papá no se equivocaban —replicó Elinor. Esas palabras no sonaron naturales en sus labios; desde luego, no tenía la costumbre de hablar de sus padres—. De hecho, pienso demostrar que tenían razón. Oscar, deja que te pregunte algo: ¿para qué crees que habría venido a Perdido si no para casarme con el mejor hombre del pueblo?

—¿Me estás diciendo que te casaste conmigo porque pensabas que era rico y poderoso? —preguntó Oscar, a quien no parecía molestarle en absoluto aquella idea.

—Por supuesto que no. Ya sabes por qué me casé contigo, Oscar. Pero no voy a permitir que sigas matándote a trabajar en ese aserradero solo para que James pueda comprar cubertería y artículos de cristal, y para que la señora Mary-Love siga llenando su caja fuerte de caudales mientras nosotros somos pobres de solemnidad.

—Bueno, Elinor, solo dime qué hacer y lo haré. No me importaría tener mucho dinero.

—Bien —respondió su mujer—. Así pues, cuando te diga «vamos», ¿me seguirás?

—¡Hasta el fin del mundo!

En los últimos tiempos, la población de Georgia, Alabama y Florida había sucumbido a una especie de fiebre del dominó, y Perdido no había resultado inmune. La enfermedad había atacado con virulencia, y ya durante el primer brote febril se habían organizado timbas de dominó cada noche, por todo el pueblo. Ese primer brote mórbido había remitido, pero muchos hombres seguían jugando de manera regular. Entre ellos estaban los varones de las tres familias propietarias de los aserraderos: James Caskey, Oscar Caskey, Tom DeBordenave y Henry Turk.

Todos los lunes y miércoles a las seis y media de la tarde se reunían en la mesa roja cuadrada de la sala de Elinor, acompañados por otros tres personajes: Leo Benquith, Warren Moye y Vernell Smith. Leo Benquith era el médico más respetado del pueblo. Warren Moye era un hombrecillo elegante a quien, durante el día, podía verse invariablemente detrás de la recepción del Hotel Osceola; siempre con un cojín que movía de silla en silla para aliviar el dolor de sus sempiternas hemorroides. El tercero, Vernell Smith, tenía el carácter de un bufón enano de la corte real española; era joven y feo con ganas, con una cara alargada que a los granjeros les recordaba la cabeza de un ternero muerto, salvo que la de Vernell tenía varios lunares de los que crecían largos pelos.

Así, todos los lunes y miércoles, Elinor ponía especial cuidado en mantener cerradas las puertas de la sala durante toda la tarde, pues los hombres fumaban puros y cigarrillos, y el humo habría invadido la casa entera. Todas esas tardes, Zaddie descolgaba las cortinas de la habitación para que no se impregnaran del olor a tabaco. Durante las partidas, los hombres tiraban las innumerables colillas de puros y cigarrillos a un recipiente de cristal con agua del tamaño de una pecera. Al cabo de unas cuantas horas, la habitación estaba tan llena de humo que Zaddie no podía entrar a vaciar el recipiente sin que los ojos se le llenaran inmediatamente de lágrimas. Y en la sala había un ruido considerable. Los hombres gruñían y aporreaban la mesa cuadrada con sus fichas de dominó de marfil. Cada vez que barajaban montaban un estruendo que retumbaba por toda la casa. Eso sí, nadie soltaba una sola palabrota, más allá de algún «maldita sea». A excepción de Vernell Smith, todos los presentes acudían a la escuela dominical. Las historias y los rumores que se intercambiaban sobre aquella mesa roja en el transcurso de la velada no diferían mucho de las historias y los rumores que las damas de Perdido compartían por la tarde durante sus partidas de bridge.

Mientras los hombres jugaban al dominó, Elinor y Zaddie se sentaban en el porche delantero o en el del primer piso. Elinor cosía y Zaddie leía. Pronto las otras esposas adquirieron el hábito de acompañar a sus maridos y pasar la tarde con Elinor, o por lo menos llamarla por teléfono para hablar un rato. Siempre que la visitaban Manda Turk o Caroline DeBordenave, Elinor mostraba un interés excepcional e insaciable por conocer más detalles sobre los aserraderos de sus maridos, y se empapaba de los pormenores del negocio maderero que las dos mujeres eran capaces de rescatar de sus mentes, nada dotadas para ese tipo de asuntos. Manda y Caroline coincidían en que alguna motivación debía de tener Elinor para querer obtener aquella información, aunque esta aseguraba que era simple curiosidad. Cuando las partidas de dominó terminaban por fin, hacía rato que las esposas se habían marchado solas a sus casas, y que Elinor y Zaddie se habían ido a la cama.

Oscar acompañaba a sus amigos a la puerta principal, donde los hombres se daban las buenas noches y —con la excepción del recatado James Caskey— se aliviaban sobre las camelias recién plantadas por Elinor. Entonces Oscar volvía a entrar en la casa y gritaba: «¡Zaddie, levántate y cierra las puertas!». Oscar era un hombre amable y bueno, pero su madre lo había educado en la holgazanería, y si podía conseguir que una mujer hiciera algo por él, no dudaba en pedírselo. Mientras Oscar subía fatigosamente al primer piso, Zaddie abría las ventanas del salón del desayuno, vaciaba el recipiente de las colillas en el patio de arena, cerraba la puerta principal, apagaba todas las luces, volvía a su cuartito y, con los ojos aún irritados por el humo, se echaba en su catre para seguir durmiendo.

Un lunes por la tarde, mientras los hombres jugaban en la planta baja, Elinor Caskey y Caroline DeBordenave se sentaron en el porche del primer piso. Sacaron la cuna de Frances y la colocaron de modo que pudieran contemplar a la niña mientras se mecían en el columpio. Elinor, como de costumbre, volvió a sacar el tema del negocio maderero. Caroline, consciente a esas alturas del interés de su anfitriona por el asunto, había acudido a la cita con información. Un día, durante la cena, había interrogado a su marido, y aunque este se había sorprendido ante el súbito interés de su esposa por algo que nunca le había parecido importante, había respondido a sus preguntas con todo tipo de detalles.

—No, Elinor —dijo Caroline, negando con la cabeza—, a Tom no le va bien. Estoy segura de que no te estoy contando nada nuevo. Tom me dijo que tanto Henry Turk como Oscar conocen sus problemas. ¡Lo extraño es que Tom nunca me lo hubiera dicho a mí! ¡Me sorprendió tanto! Todo empezó con la riada. Tom perdió todos sus papeles, y se ve que tenía casi cien mil dólares en...

Caroline hizo una pausa, incapaz de recordar el término preciso que había empleado su marido.

—¿En facturas pendientes de cobro? —sugirió Elinor.

—Eso es —dijo Caroline con complacencia. Hablaba como si estuviera chismorreando sobre alguna tontería sin importancia, y lo cierto era que a Caroline le parecía que no la tenía: los aserraderos eran cosa de hombres. Estaba convencida de que nada podría interferir jamás con el dinero que Tom le pasaba cada mes para que llevara la casa y comprara ropa. Mientras sus necesidades estuvieran cubiertas, pensaba Caroline, Tom podía hacer lo que quisiera con el resto. Y el problema, Elinor, es que no solo perdió todo ese dinero, sino también toda la madera que almacenaba en el aserradero y toda la que había llevado a casa del señor Madsen, porque su granero también quedó arrasado. Luego la mayor parte de la maquinaria se llenó de barro y hubo que reemplazarla, y ahora no hay dinero. Tom dice que no sabe cómo va a seguir adelante.

—¿Y no puede pedir un préstamo? —preguntó Elinor.

—Pues se ve que no —dijo Caroline, orgullosa de haber tenido la perspicacia de hacerle esta misma pregunta a su marido—. Fue al banco de Mobile y se arrodilló ante el presidente para pedirle dinero para reconstruir el aserradero, pero el presidente del banco le dijo: «Señor DeBordenave, ¿cómo sabemos que no va a haber otra inundación?».

—¡Porque no la va a haber! —exclamó Elinor tajante.

—Eso espero, sinceramente —respondió Caroline—. Tuve que tirar mis mejores alfombras; en mi vida fui igual de infeliz. En todo caso, Tom dijo que el banco no le quiso prestar dinero porque creían que habría otra riada y que arrasaría con todo por segunda vez.

—Entonces, ¿no va a conseguir el dinero?

—Bueno, puede que sí y puede que no. Los bancos dicen que le prestarán dinero una vez el dique esté construido, pero no antes. Así que Tom está muy ansioso por que el proyecto se ponga en marcha; solo espera aguantar lo suficiente. Y yo también espero que aguante —añadió Caroline, pensativa—. Cuando está preocupado por el negocio, Tom no presta ni una brizna de atención a ninguna otra cosa en el mundo.

Cuando Caroline se marchó a su casa, Elinor se quedó en el porche con Frances y, en contra de su costumbre, decidió esperar a Oscar. Al oír que este subía las escaleras, lo llamó al porche.

—Oscar —dijo—, Caroline me ha dicho que Tom tiene problemas para que los bancos le concedan un préstamo.

—Claro —respondió Oscar, dubitativo—. Todos los tenemos, en realidad. Nadie nos va a prestar dinero para reconstruir nuestros negocios hasta que el dique esté terminado.

—¿Y qué pasaría si no llegara a construirse?

Oscar se sentó junto a su mujer.

—¿En serio te interesa?

—¡Claro que sí!

—Bueno —dijo Oscar, que se echó hacia atrás con las manos en la nuca y empezó a mecerse con suavidad en el columpio—, supongo que Tom tendría que arrojar la toalla.

—¿Y nosotros?

—Bueno, nos iría bien durante un tiempo. Supongo que nos las arreglaríamos.

—¿Solo nos las arreglaríamos?

—Elinor, lo que estamos tratando de hacer ahora mismo es recuperar lo que perdimos con la inundación. Pero si realmente queremos crecer, entonces tenemos que ampliar el negocio. Y eso no lo podremos hacer sin un préstamo. Y ningún banco en este estado, ni en ningún otro, ya que estamos, nos va a prestar dinero hasta que el dique esté construido. Por eso estamos trabajando tan duro. ¿Lo entiendes ahora?

Elinor asintió lentamente.

—Estoy que me caigo de un sombrerazo —dijo Oscar—. ¿Te vienes a la cama?

—No —contestó Elinor—, todavía no tengo sueño. Ve tú.

Oscar se levantó, se inclinó sobre la cuna para besar a Frances, ya dormida, y se metió en casa.

Mucho después de que Oscar se desvistiera, se arrodillara junto a la cama para rezar, se acostara y se quedara tan profundamente dormido como su hija, Elinor seguía despierta. Sentada en el columpio, se mecía despacio mientras contemplaba la oscuridad. En la negra noche, los robles acuáticos se mecían con el viento. Algunas ramas podridas, cubiertas de un hongo verde y reseco, dejaban caer ramitas y hojas, o a veces caían enteras, con un crujido y un golpe seco, sobre el suelo arenoso. Más allá, el río Perdido, negro, fangoso y borboteante, arrastraba inexorablemente cosas muertas y vivas hacia el remolino del centro de la confluencia.

6

Verano

El verano llegó a Perdido. Elinor seguía dándole
vueltas a la desproporción entre el minúsculo sueldo de su marido y la vasta riqueza de los Caskey.
Sister abría cada mañana la puerta trasera para contemplar el montículo apenas perceptible bajo el que
yacía enterrada la gallina degollada y se preguntaba
cuándo faltaría para que Early Haskew se le decla-
rara o, por el contrario, muriera. James Caskey suspiraba y, mirando a su alrededor, contaba su soledad
con los diez dedos de la mano, de tan sustancial que
le parecía. Mary-Love seguía con avidez el progreso diario del ingeniero con los planos del dique,
anticipando con gran satisfacción el efecto que la
construcción tendría sobre su nuera. Y, cada mañana, el paciente rastrillo de Zaddie seguía trazando
dibujos en los patios de arena de las tres casas de los
Caskey.

Solo los niños amaban realmente el verano, ya
que, por supuesto, no tenían clases. Los días eran lar-

gos y ni horarios, ni tareas, ni timbres los interrumpían. A Grace Caskey le parecía curioso que cada verano fuera distinto y tuviera su propio carácter. El verano anterior se lo había pasado jugando con los niños Moye, pero este verano, en cambio, los veía tan solo una vez a la semana, en la escuela dominical. El verano anterior, Bray la había llevado todos los días al lago Pinchona, donde había una piscina con muros de hormigón que recibía el agua del mayor pozo artesiano del estado. Había también un mono en una jaula de alambre, que le mordía los dedos cada vez que los metía a través de la malla. En cambio, este verano no había estado allí ni una vez, a pesar de que habían empezado a construir un salón de baile suspendido sobre pilotes, en medio del lago fangoso y poco profundo. Los propietarios habían importado caimanes de los Everglades para poblar el lago Pinchona, tanto por su efecto pintoresco como para disuadir a los visitantes de bañarse en ningún lugar que no fuera la piscina de hormigón, donde los podían controlar mucho más fácilmente.

Pero el verano de 1922 fue todo para Zaddie Sapp. Grace estaba fascinada por Zaddie. A Grace le fascinaba la muchacha negra, de trece años, y todo lo que la rodeaba. Grace seguía a Zaddie a todas partes y no la perdía de vista en todo el día. Por las mañanas, la ayudaba a rastrillar las partes del patio que no se veían desde las ventanas de Mary-Love (que no aprobaba que Grace ayudara al servicio). Cuando Zaddie terminaba de trabajar, Grace se iba a casa de Elinor, y allí Roxie, cedida temporalmente por James, les preparaba la comida. A Grace le parecía un enorme privilegio que le permitieran comer en la cocina con Roxie y Zaddie, y desdeñaba su lugar en la mesa del comedor junto a Elinor y Oscar. Después de comer, Oscar daba una moneda de 25 centavos a cada una de las chicas y les decía que fueran a Ben Franklin y se compraran lo que quisieran. Las niñas iban al centro cogidas de la mano y recorrían los pasillos de la tienda de baratijas. Lo señalaban y lo miraban todo con tanta intensidad que conocían mejor las existencias que el propio dueño de la tienda. Cada una compraba tres artículos pequeños con su moneda y los metían todos juntos en una misma bolsa. De vuelta a casa, sacaban las compras y las examinaban minuciosamente. Las intercambiaban, envolvían la mejor con un papel de color y se la regalaban a la otra, y al final las guardaban todas junto con otro centenar de piezas similares en un cofre de madera que había en el porche trasero de la casa de Elinor.

En lugar de mamparas, el porche, largo y de techo alto, tenía las paredes de celosía, de tal modo que era fresco y sombrío incluso en los días más calurosos. Al igual que el resto de la casa, estaba elevado por encima del nivel del patio exterior, de tal modo que en el infrecuente caso de que soplara brisa, lo hacía por debajo y a través de él. Una de las ventanas del cuartito de Zaddie daba al porche, y como tenía la cama a un lado y una vieja silla rota al otro, los niños podían entrar y salir a gatas.

En el frescor de aquel porche, Zaddie y Grace inventaron y perfeccionaron cien juegos distintos, cuyas complejas reglas, que solo sabían ellas, se amoldaban a la geografía y el mobiliario de la habitación. Grace comía allí tan a menudo y pasaba tanto tiempo con Zaddie que Mary-Love empezó a quejarse a James de que Grace se había mudado a casa de Elinor, de que la molestaba y de que siempre despertaba a Frances. Mary-Love no explicó cómo sabía eso, en particular teniendo en cuenta que apenas había comunicación entre las casas.

—Grace todavía echa de menos a su madre —se limitó a decir James—, y no voy a interferir en nada que la haga feliz.

Pero para Mary-Love, que su sobrina encontrara un placer tan intenso en la compañía de una muchacha negra de trece años (y que, para colmo, lo hiciera en casa de Elinor) era como una bofetada en la cara. Así pues, y sin decirle nada más a James, decidió destruir la perfecta felicidad de Grace. Le iba a enseñar a la niña que, en la familia Caskey, ella, Mary-Love, era la única fuente de felicidad.

Tom y Caroline DeBordenave tenían dos hijos: una chica de quince años, guapa, popular e inteligente, llamada Elizabeth Ann; y un niño, cuatro años menor. El niño se llamaba John Robert y tenía algunos problemas. Todo el mundo coincidía en que John Robert había tenido suerte de nacer en el seno de una familia que siempre podría cuidar de él, pues era evidente que él nunca podría cuidar de sí mismo. Era un niño dulce y tranquilo, pero simplón. En la escuela iba tres cursos atrasado. Es decir, que por lo general necesitaba dos años para cada curso, y aun así siempre iba muy por detrás de sus compañeros. No lo dejaban pasar al siguiente curso porque lo mereciera, sino porque habría sido cruel retenerlo más tiempo. Se sentaba al fondo del aula y se le permitía pasarse la jornada escolar dibujando en una libreta, ajeno a lo que hacía el resto de la clase. Nunca le mandaban responder a las preguntas, ni leer en voz alta, y cuando los demás hacían exámenes, John Robert pasaba una página de su libreta y se inclinaba sobre ella, fingiendo que él también era objeto de examen. Durante el recreo, John Robert no participaba en los juegos que organizaban los otros chicos, porque su nublada mente no le permitía comprender las reglas, y tampoco tenía la coordinación necesaria para saltar a la cuerda con las chicas. Pero todas las mañanas Caroline DeBordenave le llenaba los bolsillos de caramelos, y durante unos minutos, al inicio del recreo matutino, John Robert era de lo más popular. Los niños y las niñas lo rodeaban, le hacían cosquillas, lo llamaban por su nombre y le revolvían los bolsillos hasta que no quedaba ni un caramelo. Entonces todos se marchaban a sus juegos, y John Robert se sentaba con un suspiro en el banco, junto a la maestra, o, en sus días preferidos, golpeaba los borradores de la pizarra contra la pared de la escuela, hasta que él y los ladrillos quedaban cubiertos de polvo de tiza.

Pero John Robert era feliz en la escuela, ya que, aunque no participara en las actividades de sus bulliciosos compañeros, estaba constantemente rodeado por el ajetreo crepitante del estudio y el juego. Y aunque a veces se sintiera solo, nunca lo estaba. En los veranos, en cambio, nadie pensaba en él. Su madre le seguía llenando los bolsillos de caramelos, pero John Robert arrastraba aquel peso durante todo el día. A la hora de la comida, el chocolate y la menta se habían derretido, formando una masa pegajosa y poco apetecible. A veces Elizabeth Ann le leía; ella se sentaba en una mecedora del porche y él se ponía a su lado, con el codo apoyado en el brazo de la silla, de modo que un lado de su cuerpo se movía con el vaivén de la silla. La voz de Elizabeth Ann era próxima y reconfortante, aunque a John Robert se le escapaba el significado de las palabras que leía.

Aquel verano estaba más solo que nunca. A Elizabeth Ann le habían regalado una bicicleta por

Navidad, y todos los días iba al lago Pinchona, donde un chico que era ya lo bastante mayor como para alistarse en el ejército le enseñaba a bucear. También le daba de comer al mono, y a veces se asomaba a las ventanas del salón de baile y dejaba caer trozos de pan rancio entre los nenúfares de abajo, con la esperanza de atraer la atención del caimán que nadaba perezosamente entre los pilotes.

A John Robert no le permitían montar en bicicleta por miedo a que lo atropellaran, y tampoco le permitían ir al lago Pinchona por miedo a que se ahogara en la piscina, o a que se asomara demasiado a la ventana del salón de baile y cayera entre los nenúfares, donde el caimán ansiaba bocados más sabrosos que el pan seco de Elizabeth Ann. Así pues, John Robert se sentaba en los escalones de su casa, parpadeando bajo el sol con los bolsillos llenos de caramelos derretidos, esperando siempre en vano a que algún niño se acercara, lo llamara por su nombre, le hiciera cosquillas en los costados y le desvalijara los bolsillos.

Un día, Mary-Love Caskey llamó por teléfono a Caroline DeBordenave.

—Caroline, tu hijo está solo —dijo—. Lo veo sentado durante horas y horas en los escalones de tu casa, más solo que la una. Te enviaré a Grace, la hija de James, para que le haga compañía.

—Pues te lo agradeceré mucho —repuso Caroline con un suspiro—. John Robert no sabe qué hacer sin la escuela; el verano lo deja aplatanado. Supongo que algunas personas son más sensibles al calor.

La forma en que Caroline DeBordenave abordaba la enfermedad mental de John Robert era no abordándola en absoluto, por lo menos de puertas afuera. Atribuía su silencio, su mirada vacía y sus múltiples incapacidades a cualquier cosa menos a una debilidad intelectual intratable. Pero aunque pareciera negar las minusvalías de su hijo, había un motivo por el que le llenaba los bolsillos de caramelos todos los días.

Así pues, a la mañana siguiente, justo cuando Grace y Zaddie estaban a punto de empezar sus elaborados juegos en el porche exterior de Elinor, sonó el teléfono de la casa. Al rato Elinor apareció y dijo:

—Grace, la señora Mary-Love quiere que vayas a su casa de inmediato.

Grace obedeció, perpleja y algo aturdida, pues no recordaba la última vez que la habían convocado de aquella manera. Encontró a Mary-Love en el salón principal y, sentada a su lado, la persona a la que menos esperaba encontrar allí: John Robert DeBordenave, con un traje amarillo nuevo y media docena de caramelos de menta que le asomaban por el bolsillo del pecho.

—Grace —dijo Mary-Love—, he invitado a John Robert a jugar contigo.

—¿Perdón?

—Tengo la intuición de que tú y John Robert os vais a divertir mucho durante todo el verano.

Grace miró con cierto recelo a John Robert, que sonreía tímidamente mientras hurgaba primero un botón y luego una costra de la rodilla, ambos a punto de desprenderse.

—Me he dado cuenta de que este verano no tienes a los amiguitos que tenías el verano pasado, Grace, y cuando se lo mencioné a Caroline DeBordenave, me dijo: «¡Oh! John Robert también está solo». Así que Caroline y yo hemos decidido que tú y John Robert paséis el resto del verano juntos. Os vais a divertir mucho.

Grace empezó a comprender de qué iba el asunto.

—Pero sí que tengo amigos —protestó—. ¡Tengo a Zaddie!

—Zaddie es una chica de color —señaló Mary-Love—. Está bien jugar con Zaddie, pero no es amiga tuya. John Robert puede ser tu verdadero amiguito.

Grace sintió que empezaba a detectar una pequeña injusticia, pero antes de que pudiera determinar de qué se trataba exactamente, Mary-Love siguió hablando:

—Vamos, id y poneos a jugar juntos. Cuando sea la hora de comer enviaré a Ivey a buscaros. Tú y John Robert comeréis conmigo todos los días.

No es que a Grace le desagradara John Robert.

Sentía lástima por él y en la escuela siempre se esforzaba por tratarle con amabilidad y le pedía permiso antes de saquearle los bolsillos en busca de caramelos. Pero era un niño y, además, había algo en su cabeza que no acababa de funcionar. Grace nunca querría a John Robert DeBordenave como quería a Zaddie Sapp.

—Muy bien, tía Mary-Love —dijo Grace con picardía—, llevaré a John Robert a casa de Elinor y jugaremos en su porche.

—No, nada de eso —replicó Mary-Love—. Puedes jugar aquí o en casa de John Robert, pero no en casa de Elinor; no quiero que la molestes, ni a ella ni al bebé.

—Bueno, ¿y podemos jugar en mi casa?

—Se pide por favor —señaló Mary-Love—. Y no, no podéis. Allí no hay nadie que os vigile.

—¡Yo no necesito que me vigilen!

Mary-Love no dijo nada y se quedó mirando a John Robert. Grace comprendió perfectamente qué significaban aquel silencio y aquella mirada, pero se negó a dejarse arrastrar por las artimañas de su tía.

—De acuerdo, señora —dijo Grace con aspereza—, pero tengo que ir a decirle a Zaddie que no voy a volver esta mañana.

—No, no tienes que nada —sentenció Mary-Love—. No tienes por qué darle explicaciones a una niña de color a la que contratamos para hacer algo más que pasarse el verano jugando en el porche. Bueno, John Robert, ¿qué crees que podéis hacer tú y Grace esta mañana?

John Robert miró a su alrededor con expresión estupefacta, como si se diera cuenta por primera vez (y vagamente) de que aquel traje nuevo, aquella visita forzada, la presencia de Grace y la conversación entre ella y la señora Mary-Love tenían que ver de algún modo con él.

Mary-Love podría haber destruido la amistad de Zaddie y Grace si aquel verano hubiera montado una campaña de control permanente, pero no tenía ni tiempo ni ganas de embarcarse en una batalla de ese tipo. Prefirió imaginar que había aplastado al enemigo de un solo golpe, pero no tuvo en cuenta la profundidad del apego de Grace hacia Zaddie. Así, Grace encontró maneras de eludir la prohibición de Mary-Love de que se relacionara con la muchacha negra y, al mismo tiempo, de hacer más tolerable la presencia constante de John Robert De-Bordenave.

En primer lugar, Grace fue a ver a Elinor y le contó lo que había pasado. En un primer momento, Elinor no dijo nada, pero a juzgar por su expresión era evidente que sus simpatías estaban del lado de Grace y Zaddie.

—Puedes venir aquí siempre que quieras este verano, Grace —dijo Elinor—. Y trae también al chico de los DeBordenave. Aunque debo decir que me parece un error que Caroline DeBordenave deje a una niña de diez años al cuidado de su hijo, que no está bien de la cabeza.

Así pues, las tardes de Grace con Zaddie continuaron, pero ya no eran perfectas debido a la presencia de John Robert DeBordenave. En el pasado, las dos niñas siempre se habían portado bien con John Robert, y en varias ocasiones habían llamado a Zaddie a casa de los DeBordenave para que lo cuidara los lunes por la tarde, cuando Caroline se iba a jugar al bridge. Pero de repente las dos niñas empezaron a cansarse de la presencia de John Robert, cuya compañía se veían obligadas a tolerar todos los días y durante muchas horas. La capacidad de conversación del chico se limitaba casi por completo a gestos silenciosos y a alguna palabra ocasional, que siempre tenía que repetir al menos tres veces para que lo entendieran. Además, no tenía ni la más remota idea de cómo funcionaban los complejos juegos de Zaddie y Grace, pero intentaba participar torpemente en ellos de todos modos. Y del aborrecimiento a la crueldad solo hay un paso.

Grace empezó a burlarse del muchacho. John Robert no entendía las burlas, pero sí percibía el desprecio que había detrás de ellas. Grace le sacaba caramelos de los bolsillos, se los metía en la boca y lo obligaba a tragárselos enteros. Derramaba a propósito leche y té helado sobre su ropa nueva, y gritaba: «¡Pero qué torpe eres, John Robert DeBordenave!». Y si él rompía alguno de los tesoros que habían comprado en Ben Franklin (como solía suceder cada vez que cogía uno), Grace le quitaba los trozos de las manos y se los tiraba a la cara. Cuando el niño empezaba a derramar lagrimones silenciosos, nunca le decía: «No pasa nada, no puedes evitarlo». Grace ignoraba la dolencia que aquejaba al niño y solo veía su exasperante lentitud. Se fijaba tan solo en su molesta presencia y pensaba en él como el instrumento con el que Mary-Love pretendía separarla de Zaddie. Y si se avergonzaba de sus crueldades, Grace culpaba a Mary-Love.

Un día, John Robert estaba ante la puerta abierta del porche, contemplando el Perdido, cuando Grace se le acercó corriendo por la espalda y, sin medir las consecuencias, lo empujó escaleras abajo.

El niño cayó dando tumbos y se golpeó la cabeza con el borde afilado del escalón inferior. Grace bajó corriendo y, al levantarle la cabeza, vio que la sangre brotaba de la herida y dejaba un reguero sobre la arena.

Elinor, alertada por los gritos histéricos de Grace, llamó al doctor Benquith. John Robert recuperó la conciencia, el doctor lo examinó y le vendó la cabeza, y Bray lo llevó a su casa. Grace corrió detrás de Bray con lágrimas en los ojos, diciendo:

—Se ha caído. Se ha caído por la escalera trasera y ha rodado hasta abajo.

Grace estaba segura de que todos sabían que había empujado a John Robert, pero su tía tan solo le dijo:

—¿Cómo has podido dejar que pasara esto? ¿Por qué no estabas vigilando? Sabes que ese niño no tiene el sentido común necesario ni para ponerse a cubierto cuando llueve.

De entrada Grace se sintió aliviada de que su culpabilidad no hubiera quedado al descubierto: siempre era mejor que te acusaran de simple negligencia que de asesinato. Pero con el paso de los días, Grace se dio cuenta de que el hecho de que no la acusaran del delito implicaba que debía cargar con toda la culpa a solas. Estaba malhumorada y abatida, perdió el apetito y de pronto sus sueños estaban plagados de pesadillas. James empezó a preocuparse por ella.

—Ya puede sentirse culpable —dijo Mary-Love—. ¡El chico podría haber muerto! ¿Cómo se habría sentido entonces? ¿Cómo nos habríamos sentido nosotros?

Una tarde, Elinor llamó a Grace a su casa. Elinor se sentó en un columpio del porche de arriba y la niña se colocó enfrente.

—Te sientes muy mal por John Robert, ¿verdad?

Grace asintió despacio con la cabeza.

—Sí. ¿Se va a morir?

—¡Claro que no! ¿Quién te ha dicho eso?

—La tía Mary-Love dijo que a lo mejor se moría. Y que, si se moría, iba a ser culpa mía.

Elinor se mordió el labio y miró por encima del hombro de Grace hacia la casa de Mary-Love.

—John Robert no se va a morir —dijo—, y aunque lo hiciera, no sería culpa tuya. ¿Me oyes, Grace?

Grace tembló y se mordió también el labio, y de repente rompió a llorar y hundió la cabeza en el regazo de Elinor.

—¡Sí que lo sería! ¡Sí! —se lamentó la niña—. ¡Lo empujé!

—Oh... —musitó Elinor—. Ya veo...

Sin apartar la cabeza de Grace de su regazo, Elinor agarró a la niña y la subió al columpio con ella. Grace pasó un rato más llorando, y entonces se incorporó, con los ojos rojos.

—Muy bien, cuéntame qué pasó —dijo Elinor. Grace se lo contó—. ¿Y no sabes por qué lo hiciste? —preguntó Elinor cuando Grace terminó de relatar lo sucedido.

—No. Porque, además, John Robert me cae bien. Solo que no me gusta tener que cuidar de él todo el tiempo. A veces Zaddie y yo queremos estar solas.

Pasó mucho rato sentada junto a Elinor. Ahora que había confesado, se sentía mucho mejor. Finalmente, Elinor se separó y se levantó.

—Grace —dijo—, voy a ir a hablar con Caroline DeBordenave.

—¿Le vas a decir que empujé a John Robert? —exclamó Grace, muerta de terror y culpa.

—No —dijo Elinor—. Le voy a decir que no fue culpa tuya que John Robert se cayera por las escaleras; que todos lamentamos lo ocurrido, pero que no tiene sentido que te pongan de cuidadora de John Robert durante todo el verano. Eres demasiado pequeña para una responsabilidad así. Si quería que John Robert estuviera vigilado cada minuto del día, su madre debería haber contratado a una chica de color. Eso es lo que diré. También le diré lo mal que te sientes, aunque no haya sido tu culpa, y le preguntaré si te da permiso para ir a visitar a John Robert y preguntarle cómo se siente. Porque quieres hacerlo, ¿verdad?

—¡Sí! —exclamó Grace con vehemencia, y lo decía en serio.

Caroline DeBordenave comprendió todo lo que Elinor le dijo, y estuvo de acuerdo con ella.

—¡Por Dios, Elinor! ¡Cuando Bray trajo a John Robert a casa y vi toda esa sangre estuve a punto de perder la cabeza! No era mi intención cerrarle la puerta en la cara a la pobre Grace, es solo que estaba muy nerviosa. John Robert significa más para Tom y para mí que cualquier otra cosa en el mundo. Si le pasara algo a ese chico, no sé qué haríamos. Supongo que tendríamos que hacer las maletas y mudarnos. No creo que tuviéramos el valor de seguir viviendo aquí.

Y así fue como Grace y Zaddie se libraron de la obligación de soportar la compañía de John Robert DeBordenave y de la responsabilidad de cuidarlo. El plan de Mary-Love, minado por la intervención de Elinor, quedó en nada.

7

El corazón, las palabras,
el acero y el humo

Ese verano, Sister se preguntaba cómo había podido
ser tan tonta como para permitir que Ivey Sapp lan-
zara un conjuro sobre ella y Early Haskew. Se estremecía de vergüenza al recordar que había dado vueltas alrededor de la mesa de la cocina con un corazón
de gallina sanguinolento en la mano, que luego había
pronunciado unas palabras sobre él, y que finalmente
lo había atravesado con pinchos y lo había arrojado
al fuego. Rezaba para que nadie descubriera nunca
lo tonta que había sido. Al recordar aquella escena,
su memoria colocaba inconscientemente una hile-
ra de cabezas humanas al otro lado de la ventana
de la cocina; las cabezas tenían ojos que observaban
todos sus movimientos, oídos que escuchaban sus
palabras y bocas que difundían la humillante historia por todo el pueblo. Pero no ocurrió nada de
eso. Ni aun sus indagaciones más recelosas lograron
detectar el menor rastro de sospecha en los rostros
que se cruzaban con ella por la calle, o en las voces de

quienes la saludaban a diario. La lluvia había allanado el montoncito de tierra junto a la escalera trasera, bajo el cual habían enterrado los restos de la gallina sacrificada, de tal modo que era ya imposible saber dónde estaban.

Al alivio de Sister de constatar que nadie había descubierto su estupidez se oponía la pena de comprobar que el hechizo no parecía haber surtido ningún efecto, por lo menos hasta la fecha. Cuando se quedaba sola en casa con Early, Sister se sentaba con uno de sus mejores vestidos en el mejor sofá del salón (que solían tener cerrado), visiblemente dispuesta a aceptar una propuesta de matrimonio. Pero, si pasaba para allí, lo único que decía Early era:

—Madre mía, Sister, ¿no estás ardiendo ahí dentro?

Sister suspiraba, se levantaba del sofá y cerraba las puertas del salón. Entonces subía a su habitación y se ponía algo menos apropiado para una pedida de mano, pero más acorde con el clima. Después de repetir varias veces ese mismo ritual, decidió que no era posible atrapar a un hombre tan directo como Early Haskew solo con hechizos y estratagemas. Se dio cuenta de que no podía limitarse a estar en el lugar adecuado en el momento oportuno, y que iba a tener que tomar cartas en el asunto. Y si bien era cierto que ella no tenía mucha experiencia tratando a los hombres, lo más probable era que Early Haskew (que había vivido siempre con su madre) tampoco hubiera tenido muchas ocasiones de tratar con mujeres jóvenes. Sister dudaba que alguna vez se hubiera declarado a alguien. Y, si no lo había hecho, ¿por qué debía suponer que Early iba a darse cuenta de sus intenciones, por muy claras que fueran?

Así pues, a partir de entonces, cada vez que Early estaba en su salón trabajando en los planos del dique, Sister merodeaba por allí sin disimular que tan solo estaba merodeando. Si Early salía a inspeccionar la ribera de un río, a hablar con alguien que iba a tener que trasladar un cobertizo o a examinar una veta de arcilla en el bosque, Sister le pedía permiso para acompañarlo.

—¡Te vas a aburrir, Sister! —exclamaba él, a lo que Sister, sin atisbo de afectación, respondía:

—Por Dios, Early, ¡es que me gusta estar contigo!

La táctica empezó a dar resultado, y pronto Sister ya ni se molestaba en preguntar: en cuanto lo veía salir por la puerta y subir al coche, se metía en el asiento trasero y preguntaba:

—¿Adónde vamos hoy? ¿Con quién vamos a hablar, Early?

Y si resultaba que Sister estaba en otra parte de la casa y no lo veía salir por la puerta, Early se quedaba frente al coche, y cuando esta aparecía en una ventana, le gritaba:

—¡Sister, voy a llegar tarde por tu culpa!

—Estás molestando a Early, Sister —decía Mary-Love cada noche en la mesa de la cena, como si no tuviera a Early sentado a su derecha.

—Si no quiere que lo acompañe —dijo Sister—, que me diga que me quede en casa.

—Sister me es de gran ayuda, señora Caskey.

—¿Cómo? ¿Cómo, exactamente? Me gustaría saberlo.

—Pues... toma nota de todas mis mediciones. Lleva siempre un cuadernito encima, y eso me libera. Además, conoce a la gente. ¡Sister, apuesto a que no hay una sola persona en este pueblo a la que no conozcas! Cuando vayamos a Baptist Bottom necesitaré su ayuda. Los vecinos negros de por aquí tienen una forma muy peculiar de hablar y a veces me cuesta entenderlos; en Pine Cone hablan de una forma totalmente diferente. Voy a necesitar que Sister me acompañe y me explique lo que dicen.

—Sister es un lastre para su trabajo, Early —insistió Mary-Love, que había empezado a olerse lo que sucedía y estaba decidida a cortarlo de raíz antes de que fuera a mayores.

Así pues, cada tarde Mary-Love se quejaba de los inconvenientes que Sister le causaba a Early y desestimaba las explicaciones del ingeniero como meras muestras de cortesía. Y cada tarde le exigía a Sister que dejara al hombre en paz, por lo menos durante treinta minutos, pero esta se limitaba a encogerse de hombros y le replicaba: «Mamá, hago lo que quiero hacer porque me hace feliz, de modo que no esperes que deje de hacerlo solo porque tú lo digas». Mary-Love pensó en pedirle a Early que se marchara de casa, pero no se atrevió a hacerlo por varias razones. Para empezar, había sido ella quien le había rogado que se instalara allí, y todo el pueblo lo sabía. De hecho, lo más probable era que Early conservara las dos cartas que ella le había escrito, por lo que ahora no podía pedirle que se fuera sin arriesgarse a que su reputación saliera gravemente malparada. Además, Early seguía siendo una piedra en el zapato de Elinor Caskey, y Mary-Love no la habría retirado por nada del mundo. Al final decidió renunciar a entrometerse y confiar en que bastaría con la torpe inexperiencia de Sister para desbaratar aquel romance tan insustancial. Aun así, a Mary-Love seguía preocupándole que pudiera estar forjándose algún tipo de vínculo entre su hija y el ingeniero.

Y, en efecto, pronto llegó el día que Mary-Love había estado temiendo y que Sister había estado esperando, el día en que quedó claro que Sister tenía razón y Mary-Love se equivocaba.

Era un día de agosto particularmente caluroso. Sister y Early se habían aventurado hacia el interior del país, rumbo a Dixie Landing, a orillas del río Alabama, donde Early quería visitar una cantera de arcilla. Después de dejar a Bray con el automóvil en la única tienda del pueblo, y con una cesta con bocadillos y una botella de leche en el brazo, Early y Sister habían tomado un caminito que se adentraba en un bosque de pinos. Encontraron la cantera y Sister se sentó en un afloramiento de arenisca moderadamente limpio mientras Early se dedicaba a examinar el foso trepando por los muros, un proceso tras el cual terminó cubierto de polvo rojo.

—No sirve —dictaminó al rato.

Después de aquella inspección, en lugar de volver directamente al coche, subieron por el borde de la cantera y bajaron por el otro lado hasta el lago Brickyard. Se trataba de una zona húmeda de aguas cristalinas poco profundas en medio de una vasta pradera verde, con vistas al ancho río Alabama y sus aguas turbias. En comparación con el río que tenían ante ellos, y con los demás ríos que serpenteaban por la región de Perdido, el agua del lago Brickyard era extraordinariamente azul y hermosa. Había un solitario grupo de cipreses en la orilla más próxima. Sister y Early se dirigieron hacia allí con la intención de hacer un picnic en la sombra, pero descubrieron, en primer lugar, que el suelo estaba demasiado empapado para poder sentarse, y, en segundo lugar, que había una barquita de remos atada a un árbol. Como era costumbre en esa parte de Alabama, tomaron prestada la embarcación para su propio disfrute.

—También he hecho galletas —dijo Sister, mientras subía al bote.

Early remó hacia el centro del lago. Un martín pescador chilló entre las ramas de los cipreses y acto seguido se zambulló en el agua a unos seis metros de donde estaban.

—¿Ronco? —preguntó Early de repente, después de un rato remando en silencio.

—Ya lo creo —respondió Sister con rotundidad.

—Mamá me lo decía siempre... Pero ¿te impide dormir?

—A veces —dijo Sister—. Pero no me importa. Siempre puedo echar una siesta por la tarde si estoy cansada.

—Estás en la otra punta del pasillo...

—Ya —dijo Sister, que desenvolvió un bocadillo y se inclinó para ofrecérselo—. Pero en cuanto coges carrerilla eres bastante escandaloso, Early.

Este soltó los remos y cogió el bocadillo. Se lo comió tan rápido que se lo terminó antes incluso de que Sister hubiera dado el primer mordisco al suyo.

—Qué hambre tenía.

—Deberías haberlo dicho antes; no teníamos por qué esperar tanto.

—Pero ¿y si estuvieras en la misma habitación?

Sister tenía la boca llena, por lo que ladeó la cabeza como diciendo «¿qué?».

—Si estuviéramos en la misma habitación —insistió Early—, no podrías dormir por culpa de mis ronquidos.

Aquella idea parecía preocuparlo. Sister siguió comiendo su bocadillo.

—O sea que no querrías, ¿no? —preguntó Early, bajando la mirada.

—¿Que no querría qué?

—Casarte conmigo.

Sister se tragó el último bocado.

—Early Haskew, ¿es eso lo que has estado maquinando?

—Sí, ¿qué opinas?

—Pues no sé ni por dónde empezar. ¿A quién le importa que ronques? Papá roncaba todo el tiempo y ahora lleva veinte años muerto. Quiero decir que es evidente que a mamá no le hizo ningún daño, porque ha vivido mucho más que él.

—Entonces, ¿pensarás si quieres casarte conmigo? Sister, ¿tienes otro bocadillo?

Al parecer, el placer y aquella feliz expectativa le incitaban el apetito. Sister rebuscó en la cesta y sacó otro.

—Con una condición —dijo.

—¿Cuál?

—Que no vivamos con mamá.

—¿Ese es el motivo por el que accederías a casarte conmigo? ¿Para alejarte de la señora Mary-Love? Ha sido muy buena conmigo...

—Mary-Love no es tu madre. Early, voy a casarme contigo porque estoy enamorada de ti, y por ninguna otra razón en el mundo. Pero me daría una gran satisfacción dejar a mamá en la estacada.

Early Haskew volvió a meter los remos de la barca en el agua y dio tres vueltas alrededor del lago Brickyard. Habría dado una cuarta, pero Sister le recordó que Bray ya debía de estar poniéndose nervioso.

Durante el camino de vuelta desde el lago hasta Dixie Landing, Sister esbozó una sonrisa secreta de orgullo por haber sido capaz de maquinar aquel compromiso por sí sola, sin la ayuda de Ivey y sus conjuros. Y, de hecho, lamentó haber dudado de sus propias capacidades hasta el punto de acudir a Ivey.

Pero su sonrisa de orgullo se desvaneció de pronto cuando comprendió que, según como se mirara, el hechizo sí había funcionado. Ivey había sacrificado una gallina y le había arrancado el corazón. Sister había pronunciado un conjuro sobre ese corazón, lo había atravesado cinco veces con pinchos de acero y había inhalado el humo de su combustión. Y ahora estaba comprometida con Early Haskew. No podía atribuirse todo el mérito.

Era posible que hubiera sido el corazón de la gallina (además del acero y las palabras y el humo) lo que hubiera logrado la hazaña.

¿Cómo podría saberlo con certeza?

8

Queenie

Early tenía intención de comunicarle a Mary-Love Caskey su compromiso con su hija esa misma noche, pero Sister le advirtió que no lo hiciera.

—Mamá va a crear problemas. O por lo menos lo va a intentar.

—¿Por qué? —preguntó Early, que no comprendía—. Creía que le gustaba.

—Y le gustas, pero no como yerno. Mamá no aprobaría a mi prometido ni aunque el rey de los judíos se presentara en las escaleras de casa con una caja de zapatos llena de diamantes. Mamá no va a dejar que me vaya, y punto.

—Sister, no me molestan los problemas. Puedo plantarle cara a tu madre.

Se adentraron en el bosque que separaba el lago Brickyard de Dixie Landing, donde Bray esperaba con el coche. Habían pasado varias horas en el agua, en aquel bote prestado, y el sol había empezado ya a descender. El bosque estaba en sombra, pero la luz del día atravesaba de vez en cuando las copas de los árboles, cegándolos brevemente mientras caminaban cogidos de la mano.

—No dudo que puedes, Early, pero esa no es la cuestión. Pienso en el dique.

—¿A qué te refieres?

—Creo que deberías terminar los planos y dejarlo todo listo antes de decirle nada a mamá. Porque seguro que habrá problemas y entonces no podrás trabajar como es debido. Además, si no has terminado lo que te habías propuesto no podrás irte de luna de miel conmigo, ¿verdad?

—No, no podré —coincidió Early, orgulloso de que su prometida viera el asunto desde una perspectiva tan responsable, práctica y (a fin de cuentas) masculina.

Así pues, por el momento ninguno de los dos mencionó nada al respecto. Sister le comunicó a Ivey el compromiso. Para su alivio, Ivey se limitó a decir: «¡Me alegro mucho por usted, Sister!», y no mencionó nada sobre la gallina enterrada. Todo continuó como antes, excepto que ahora, una vez lograda su meta, Sister pasaba menos tiempo con Early. Mary-Love se confió e imaginó que su relación se había enfriado; a lo mejor, pensó, Sister se había desanimado ante la falta de atenciones por parte de Early.

Early trabajaba con más ahínco, consciente de que en cuanto completara los planos obtendría no solo el pago en metálico que le había prometido James Caskey, sino también la mano de Sister en matrimonio. En las páginas traseras de una revista que compró en una tienda había un anuncio de una cura patentada e infalible para los ronquidos. Early recortó el cupón y lo envió por correo. Todos los días esperaba con expectación la llegada del producto. En una ocasión había oído a su madre decir que había estado a punto de dejar a su padre por sus ronquidos y resoplidos nocturnos, y no quería correr el mismo riesgo con Sister cuando finalmente compartieran la misma cama.

Poco a poco, a regañadientes, el verano dio paso al otoño. De vez en cuando, el viento procedente del río Perdido soplaba frío y húmedo a través de la propiedad de Caskey, pero las correosas hojas de los robles acuáticos seguían en su sitio, impasibles en las ramas de los árboles, cada vez más altos. El musgo crecía sobre los troncos y por entre las raíces brotaban pequeños helechos. Y Zaddie, con un largo jersey de lana, salía cada mañana a primera hora a trazar patrones sobre la arena.

Una tarde de principios de octubre, Bray se presentó en el despacho de James Caskey.

—Señor James —le dijo—, la señora Mary-Love quiere que vaya a casa ahora mismo.

—Pues vamos, Bray —contestó James, que se levantó de detrás de su escritorio y salió del despacho sin dudarlo un instante. La última vez que habían requerido su presencia había sido la tarde en que Elinor había enviado a su esposa a la muerte.

—¿Qué pasa? —dijo James ya en el coche.

—No lo sé —respondió Bray, que lo sabía perfectamente pero tenía instrucciones de no revelar nada. James lo comprendió y no hizo más preguntas, aunque estaba muy preocupado. Bray se detuvo ante la casa de Mary-Love y James fue corriendo hasta el porche delantero, preguntándose si tal vez el techo del aula de Grace se habría derrumbado y le habría caído un madero en la cabeza a su hija.

—¡James! —exclamó Mary-Love con su tono más cantarín—. ¡Estamos aquí, en el porche!

James se detuvo en seco. En la voz de Mary-Love no había ningún indicio de desastre, pero su dulzura, combinada con el hecho de que lo hubieran mandado traer del aserradero y le hubieran dado instrucciones a Bray para que no dijera nada, lo tenía tan alerta como si Mary-Love hubiera gritado: «¡James, date prisa!».

Subió las escaleras lentamente y abrió la puerta de malla que daba al porche. Había más gente que de costumbre: Mary-Love estaba sentada en el banco junto a Early Haskew. Sister estaba en el columpio y tenía a una niña a su lado. Y en el otro columpio, cubierto con una manta de chenilla, estaban sentados la cuñada de James, Queenie Strickland, y su hijo, Malcolm, que hurgaba con un dedo entre los hilos de una tela de rosas. James no había vuelto a ver a los Strickland desde el funeral de su esposa.

—James, me alegro mucho de que hayas podido escaparte —dijo Mary-Love—. ¡Queenie ha venido a visitarnos desde Nashville!

Queenie Strickland, una mujer bajita con hoyuelos en las mejillas y el pelo teñido de negro azabache, se levantó de un salto y se dirigió hacia James, gritando:

—¡Ay, James Caskey! ¿No la echas de menos?

—Bueno, sí... —dijo James, pero no pudo añadir más, porque Queenie lo abrazó por la estrecha cintura y le cortó el aliento.

—¡Genevieve era la luz de mi vida! ¡Estoy tan triste sin ella! He venido para ver si tú te habías muerto de pena. —Soltó a James un momento y señaló hacia el banco—. ¿Te acuerdas de mi hijo, Malcolm? Estuvo postrado durante el funeral de su tía. ¡Saluda a James Caskey, tu tío!

—Hola, tío James —dijo Malcolm de malos modos, justo en el momento en que logró perforar la manta de chenilla con la uña del pulgar.

—Y esa es mi preciosa Lucille, que estaba enferma de paperas el día en que murió nuestra querida Genevieve. Tenía muchas ganas de asistir al funeral, pero no la dejé, aunque tuve que internarla en el hospital para llegar a tiempo. ¡Una enfermera me dijo que nunca había oído a una niña quejarse tan amargamente por no poder ir a un funeral!

Lucille tendría unos tres años, de modo que no podía haber tenido más de dos cuando murió Genevieve; parecía muy pequeña para mostrar tanto interés por los funerales, aunque fuera de una familiar tan cercana. Como si obedeciera a una señal, la niña rompió a llorar en el columpio y, cuando Sister intentó abrazarla para consolarla, la apartó con los puños.

James se separó de Queenie, que había levantado de nuevo los brazos con la aparente intención de volver a abrazarlo. Tenía la clara sensación de haber caído en una trampa. Miró alternativamente a Queenie y a Mary-Love, como si se preguntara cuál de las dos se la había tendido.

—Bueno, Queenie —dijo James tras una pausa—. ¿Y Carl? ¿Ha venido contigo?

Queenie se golpeó el pecho con la palma de la mano, como para calmar el repentino latido de su corazón herido.

—¡No me ofendas mencionando a ese hombre! —exclamó Queenie, tambaleándose hacia atrás y palpando con la otra mano a sus espaldas para asegurarse de que no tropezaba con nada.

James se quedó helado, convencido de que acababa de pisar una segunda trampa.

Queenie se tambaleó hasta llegar al banco y se dejó caer sobre él. Se sentó sobre la mano de Malcolm, que soltó un chillido. El muchacho retiró la mano de debajo de su madre, gesticulando exageradamente para demostrar lo difícil de la labor, y acto seguido movió los dedos para ver si estaban rotos. Cuando se convenció de que estaban enteros, los cerró y pegó un puñetazo en el muslo de su madre, que no se dio por enterada.

—¡Señor Haskew! —exclamó Queenie—. ¡Cuánto lo siento!

—No pasa nada —respondió Early automáticamente, aunque ni él ni nadie tenía la menor idea de por qué se disculpaba Queenie Strickland.

—Usted no es de la familia —añadió Queenie a modo de explicación—. No tiene por qué cargar con los problemas de la familia Strickland.

—¿Quiere que me retire? —preguntó Early en tono amable, poniéndose en pie.

—Siéntese usted —zanjó Mary-Love en voz baja, y entonces levantó el tono para añadir—: Señora Strickland, si va a hablar de problemas familiares, le sugiero que mande a los niños a otra parte. Yo, personalmente, tampoco tengo muchas ganas de escuchar las tribulaciones de la familia Strickland, pero desde luego no creo que sean apropiadas para los oídos de sus hijos.

—¡No se irán a ninguna parte! —declamó Queenie—. ¡Estos niños saben tanto como yo! Han sufrido lo mismo que yo. ¿Te ha pegado tu padre, Malcolm Strickland? —preguntó, volviéndose hacia su hijo como si fuera un interrogatorio.

—¡Soy yo quien le pegará a él! —respondió

Malcolm en tono beligerante, y volvió a golpear el muslo de su madre.

—¿Ha tocado tu padre tu carita de ángel, Lucille Strickland? —preguntó Queenie.

La niña, que apenas se había calmado tras su arrebato anterior, se llevó de repente las manos a la cara y rompió a llorar de nuevo. Sister trató de apartarle las manos, pero la niña sollozaba con tanta fuerza que la dejó que volviera a cubrirse la cara, para que así al menos los gritos quedaran amortiguados.

—Carl Strickland me puso la mano encima —siguió diciendo Queenie con voz grave y aterradora—. Me he cubierto los moratones con el vestido; no quisiera que los vieran por nada del mundo. Si me hubiera quedado con ese hombre, todo el mundo en Nashville me habría perdido el respeto. Les contaré el mayor error que he cometido en toda mi vida. Lo diré con todas las letras, aunque uno de los presentes no sea de la familia... —dijo, mirando primero a Early Haskew, y después a los demás—. ¡Me equivoqué dándole el sí quiero!

Los Caskey estaban incómodos. Sister no miraba a Queenie Strickland, sino a la niña que tenía sentada al lado, a la que de vez en cuando le susurraba palabras de consuelo. Mary-Love estaba cruzada de brazos y miraba a Queenie como si le costara creer que una mujer civilizada pudiera ponerse en evidencia de aquella forma. De vez en cuando se volvía hacia James con cara de reproche, como si él tuviera la culpa de todo. Y en realidad Mary-Love consideraba que la tenía, ya que si los Caskey estaban emparentados con una mujer como Queenie Strickland era solo a través de su matrimonio. James seguía inmóvil en el mismo lugar donde se había detenido al llegar al porche. No sabía qué hacer ni qué decir, y era consciente de todos los pensamientos que le pasaban por la cabeza a Mary-Love. No solo eso, sino que en el fondo estaba de acuerdo con ella: todo era culpa suya. Lo único que podía hacer era poner fin a aquella situación lo antes posible.

—Así que has dejado a Carl, ¿es eso lo que estás diciendo, Queenie?

—¡Pues claro! —exclamó Queenie, que se puso de pie casi dispuesta a abalanzarse de nuevo sobre James, pero este levantó las manos y le hizo un gesto para que volviera a sentarse. Queenie se dejó caer de nuevo sobre el banco, aunque no antes de que Malcolm aprovechara la ocasión para volver a colocar la mano debajo de ella para así tener de nuevo una excusa para soltar un grito y pegarle otro puñetazo en el muslo a su madre—. ¿Habrías preferido que me quedara con él? —preguntó Queenie—. ¿Que me dejara machacar por ese demonio con forma de hombre?

—¡No, mamá, yo le habría pegado una paliza! —gritó Malcolm, mientras descargaba una sarta de puñetazos ilustrativos contra la pierna de su madre.

—Bueno —dijo James tras pensarlo un momento—, ¿y dónde está Carl?

—¿Me estás preguntando si Carl Strickland está en Nashville? —gritó Queenie, desaforada, saltando sobre el banco—. ¿Cómo lo voy a saber? Puede que esté, puede que no. La pregunta clave aquí es si Carl Strickland sabe dónde estoy yo. Y no, no lo sabe. O si lo sabe, no fui yo quien se lo dijo. Metí mis maletas y a mis queridos hijos en el asiento trasero de un coche y vine directamente a Perdido, Alabama, sin permiso de conducir y con apenas diez dólares en el bolsillo.

Al oír hablar de dinero, Sister levantó rápidamente la vista.

Queenie enmudeció. Miró alrededor del porche y, cuando volvió a tomar la palabra, lo hizo en un tono mucho más apagado.

—¿Tengo un lugar adonde ir? He aquí otra pregunta que bien podrías hacer, James Caskey. ¿Y cuál sería la respuesta, Malcolm Strickland? ¿Sería que sí? No, no lo sería. ¿La respuesta sería que no, Lucille Strickland? Pues sí, lo sería. Los Strickland, a excepción de Carl Strickland, no tienen un techo sobre sus cabezas. Su automóvil está averiado frente al ayuntamiento de Perdido, bloqueando el tráfico, y nunca volverá a arrancar. Los Strickland, a excepción de Carl Strickland, no tienen dinero ni para comprarle una caja de manzanas podridas a un chico de color que vende fruta junto a la carretera.

James Caskey se desplomó sobre el banco, entre Early Haskew y Mary-Love. Durante unos instantes nadie dijo nada y solo se oyó el llanto que Lucille había retomado cuando su madre le había dirigido aquella pregunta retórica. Desde la ventana de la cocina que daba al porche, Ivey Sapp observaba imperturbable todo lo que ocurría.

—¿Y por qué ha venido precisamente a Perdido, señora Strickland? —preguntó Mary-Love con tono frío.

—¡Llámame Queenie! ¡Tienes que llamarme Queenie! Vine a Perdido por James. No tengo familia. Tenía a Genevieve, y a nadie más. Nuestra familia son los Snyder, pero todos los Snyder están muertos. Excepto mi hermano, Pony Snyder. Pony se fue a Oklahoma y se casó con una india. He oído que mis queridos hijos tienen ahora quince o veinte primitos indios. Pero no podía ir a vivir con Pony. Ellos no tienen nada y ni siquiera sé cómo se llama su esposa india. ¿Cómo iba a criar a mis hijos en una reserva india?

—¡Yo les dispararía, mamá! —exclamó Malcolm.

—Ya lo sé, cariño —dijo Queenie con tono indulgente, pasando una mano afectuosa por el pelo de su hijo—. Me puse a pensar en todas las veces en que mi querida hermana se quedó conmigo, y yo le decía: «Genevieve Snyder...»; nunca me acostumbré a su nombre de casada, y supongo que siempre la consideraré una Snyder. «¿Por qué te quedas aquí conmigo, Genevieve, cuando tienes al mejor marido del mundo suspirando por ti en Perdido? ¿Por qué no estás con él?» Y ella respondía: «No lo sé, y además tienes razón: es el mejor hombre del mundo, y sé que haría cualquier cosa por mí, por ti o por tus hijos. Supongo que me gusta demasiado Nashville». Ese era su problema, le encantaba Nashville. Nunca vi a una chica tan enamorada de una ciudad como Genevieve de Nashville. No podía ser feliz en ningún otro lugar del mundo, supongo. De cualquier forma, siempre me decía que, si alguna vez pasaba algo y necesitaba ayuda, viniera aquí y hablara con su marido, James Caskey. De modo que cuando pasó algo, algo realmente horrible, me subí a mi coche y aquí estoy.

A pesar de su evidente rimbombancia, el discurso de Queenie Strickland logró el efecto deseado y convenció a James Caskey para que los ayudara. Bray llevó su escaso equipaje a la casa, y por la tarde le presentaron a Grace Caskey sus primos pequeños. A modo de saludo, Lucille le manchó el vestido de chocolate y Malcolm le pegó un puñetazo en el estómago.

Por primera vez en mucho tiempo, James mandó que le sirvieran la cena en su propia mesa en lugar de ir a comer en casa de Mary-Love. Roxie volvió de casa de Elinor para cocinar para ellos. James no quería obligar que el resto de su familia tuviera que soportar a Queenie, Malcolm y Lucille, e incluso tomó la precaución de enviar a Grace a la casa de Mary-Love, que le prometió a la niña que podría quedarse allí mientras aquella gente horrible viviera con su padre. Durante la comida, James le dijo a Queenie: «¿Estás segura de que quieres quedarte en Perdido? ¿Realmente crees que los tres podréis ser felices aquí, en un pueblo donde no conocéis a nadie?».

—Bueno, te conocemos a ti, James Caskey. ¿A quién más tenemos que conocer? Y ahora nos han presentado formalmente al núcleo principal de tu familia, aunque en el funeral había algunos más. Imagino que con el tiempo terminaré conociéndolos a todos, así que ¿a quién más podría querer? Lucille y Malcolm están felices como perdices.

Lucille y Malcolm golpearon con los tacones contra los peldaños de las sillas.

—Muy bien —dijo James Caskey con expresión cansada, lamentando haber llorado por su propia soledad en esa casa—, pues mañana mismo empezaré a buscar una casa donde podáis vivir.

—¿Una casa? —exclamó Queenie, sacudiendo la cabeza hacia todos lados pero sin apartar la vista de la salsera que estaba vertiendo sobre su plato de arroz—. ¿Qué tiene de malo esta? Tienes espacio, todo el espacio del mundo. Podríamos haber trasladado nuestra casa entera al interior de tu salón, James Caskey, ¡imagina si tienes espacio!

Creyendo ver el destello de otra trampa escondida entre las hojas caídas en su camino, James se detuvo en seco, miró alrededor en busca de rutas alternativas, y por fin dijo en voz baja:

—No, Queenie.

—Pero James Caskey...

—Os buscaré una casa donde vivir. La pagaré de mi bolsillo y cuidaré de vosotros, dentro de ciertos límites, en honor a Genevieve. Pero no puedo dejar que os quedéis en esta casa con Grace y conmigo.

—¡Estás solo! —exclamó Queenie. James se dio cuenta, con cierto pánico, de que la trampa del bosque era enorme.

—¡No, tengo a Grace!

—¡Pero es una niña pequeña! ¡No puede hacerte compañía como yo! Podríamos ser una familia feliz. Tú has perdido a tu esposa, mi querida Genevieve, y yo he perdido a un marido, ese bribón pagano de Carl Strickland. ¡Me avergüenza llevar su apestoso nombre! ¡Y me avergüenza que mis queridos hijos deban llevarlo durante toda su vida! Mi único consuelo...

—Queenie —la interrumpió James—, podéis quedaros aquí esta noche, pero mañana os conseguiré otro lugar donde vivir.

—James Caskey, ya sé por qué estás haciendo esto. Sé por qué me estás echando de tu casa.

—¿Por qué? —preguntó James, desconcertado.

—Porque esta tarde mi querido Malcolm ha roto

esa pieza de cristal. Solo quería mirarla, ¡le parecía tan bonita! Y a mí también. Le he dicho: «Malcolm Strickland, devuelve el objeto de James a su sitio y no toques nada más de esta casa», y él me ha dicho: «Mamá, no volveré a tocar nada del tío James nunca más mientras viva». He intentado arreglarlo, pero las piezas no han querido encajar.

James Caskey no se atrevió a preguntar qué se había roto, y durante la semana siguiente se mostró reacio incluso a echar un vistazo a sus estanterías de cosas bonitas por miedo a descubrir qué pieza había destruido el niño.

—No es por eso —dijo a Queenie—. Ni siquiera sabía lo del accidente.

—¡Oh! Vaya, ¡por qué habré hablado! —se le escapó a Queenie—. ¡James, podríamos ser tan felices!

Pero James, haciendo gala de una fortaleza nada habitual en él, no se dejó persuadir y al día siguiente compró la casa contigua a la del doctor Benquith, en el lado soleado de la colina que se elevaba al oeste del ayuntamiento. Desde allí hasta las casas de los Caskey había un paseo de unos diez minutos como mínimo, y todo el mundo imaginó que una mujer tan oronda y corpulenta como Queenie no iba a hacer ese esfuerzo físico. Aquella primera noche, Queenie y sus hijos durmieron en la casa nueva en unas camas supletorias que Mary-Love tenía guardadas.

En cuanto estuvo convencida de que James asumía toda la culpa por la presencia de Queenie Strickland en Perdido, Mary-Love se propuso facilitarle la situación tanto como pudiera. Necesitó un solo día en Mobile para comprar todos los muebles, sacando a relucir, por si cabía alguna duda, que la parsimonia con la que había reunido el mobiliario para la casa de Oscar y Elinor había sido deliberada.

James les presentó a Queenie y sus hijos a Oscar y Elinor. Había algo en la forma de actuar de Elinor, o en sus ojos, que acobardó incluso a Malcolm y Lucille. Malcolm no pataleó y Lucille no lloró, aunque, cuando llegaron a casa, Malcolm le mostró a su madre un moratón en el brazo y dijo que Elinor le había pellizcado cuando nadie miraba.

Con la ayuda de Roxie y Zaddie, Elinor consiguió cortinas para todas las ventanas de la casa de Queenie, se las llevó, las colgó y se marchó de nuevo sin aceptar ni una taza de café ni un trozo de pastel a cambio.

Queenie no tenía que preocuparse por el dinero: James Caskey le abrió pequeñas cuentas en varias tiendas donde permitían llevarse lo que necesitara. Sin embargo, en una ocasión, en la tienda de ropa de Berta Hamilton, cuando Queenie señaló un abrigo largo con cuello y mangas anchas de pieles, la propietaria le dijo secamente:

—Ay, señora Strickland, creo que ese no le va a quedar muy bien...

Queenie insistió en probárselo de todos modos y, en contra de lo previsto, resultó que el abrigo le quedaba estupendamente, de modo que Berta Hamilton se vio obligada a decir con todas las palabras lo que antes se había limitado a insinuar:

—No pienso poner un abrigo de ciento cincuenta dólares en la cuenta del señor James cuando usted se ha gastado ya trescientos sesenta y dos dólares aquí este mes, señora Strickland.

Queenie se enfadó y montó un número, pero se fue sin el abrigo. Empezó a entender qué había querido decir James con eso de «ciertos límites».

9

Navidad

Queenie Strickland descubrió que Perdido era un hueso duro de roer. No cabía duda de que estaba mejor allí que en Nashville: la cuidaban mejor, tenía una casa más bonita y, lo más importante, se había librado de su marido, Carl. Pero había cosas que se le resistían; por ejemplo, hacer amigos y relacionarse. Ninguna mujer tan charlatana como Queenie Strickland podía pasar mucho tiempo sin estar rodeada de otras personas. Además, era una de esas mujeres que fatigan a sus amigas: necesitaba una buena cantidad para poder avasallarlas una a una, poco a poco, de modo que los moratones que les causaba su naturaleza expansiva tuvieran tiempo de sanar y de olvidarse. Así pues, empezó a buscarse un nuevo círculo de amistades sin perder ni un segundo.

A Florida Benquith, la vecina, Queenie —dulce como ella sola— le envió una tarta para el médico y sobras para el perro. Al día siguiente, le preguntó a Florida si podía ayudarla y cogerle un dobladillo con alfileres; solo le llevaría tres segundos. Florida, que envidiaba el influjo social que los Caskey ejercían en el pueblo, accedió astutamente a convertirse en amiga de Queenie. Aquel movimiento, calculó, le daría ocasión de acercarse a los Caskey si Mary-Love y el resto terminaban aceptando a Queenie, o, en su defecto, de molestarlos si al final Queenie resultaba ser una marginada. Y eso, a su vez, le permitió a Queenie meter el pie en la puerta y, a partir de ahí, dedicarse a ampliar poco a poco su círculo de relaciones. Para empezar, se incorporó al grupo de bridge que se reunía todos los martes por la tarde.

En Perdido había dos clubes de bridge. Uno —el más elegante— se reunía los lunes por la tarde, y el otro, al día siguiente. El tema de conversación principal del segundo grupo era lo que habían dicho, vestido y servido en la partida de bridge del día anterior. Si el primer grupo lo dirigía Mary-Love, el segundo giraba en torno a Florida Benquith. Tras abandonar la casa de Mary-Love y romper relaciones con su suegra, Elinor Caskey había caído en el segundo grupo. Al resto de las participantes les molestaba bastante su presencia allí, en primer lugar porque tenía más peso social que ellas, y en segundo lugar porque realmente era miembro por defecto. Pero la cuestión es que aquellas reuniones de los martes por la tarde permitieron que Elinor y Queenie se conocieran un poco mejor.

A mediados de noviembre, el azar (pues era algo

que se decidía por sorteo) quiso que las reuniones de los martes se celebraran en semanas sucesivas primero en casa de Elinor y luego en la de Queenie. Aunque accidental, aquel intercambio de visitas se interpretó como el equivalente a un abrazo público, y a partir de aquel momento todo el mundo consideró que Queenie y Elinor eran amigas. La conclusión era fruto de una lectura errónea (tal vez intencionadamente errónea) de las circunstancias por parte de Florida Benquith y su círculo, pero con el tiempo la idea cuajó, tal vez porque ni Queenie ni Elinor hicieron nada para negarla.

Mary-Love se enteró de algún modo, o tal vez lo intuyó con milagrosa clarividencia, y se preocupó. A Mary-Love no le gustaba Queenie, ni como persona ni como hermana de Genevieve. En particular, no le gustaba ver que Queenie se divirtiera detrás de las líneas enemigas, y empezó a temer que Elinor y Queenie unieran fuerzas y lanzaran un ataque concertado contra ella.

Por eso unas semanas más tarde, durante la comida después de la iglesia, Mary-Love le dijo a James:

—Es hora de hacer las paces.

James levantó la vista de su plato, sorprendido.

—¿Acaso hemos discutido tú y yo, Mary-Love? Porque, si es así, no me había dado cuenta...

—No, tú y yo no hemos discutido, James. Pero, por si no lo habías notado, la mayoría de nuestra familia no se habla.

James (y todos los demás presentes) se revolvieron incómodos en sus sillas.

—Se acerca la Navidad —prosiguió Mary-Love, casi como si no tuviera responsabilidad alguna en el distanciamiento y las divisiones familiares—, y creo que nos vendría bien celebrarla todos juntos. —Hizo una pausa, esperando tal vez a que alguien apoyara la moción. Pero, aunque solo obtuvo silencio, siguió como si nada—. Debemos hacerlo, si no por nosotros mismos, por los niños. Está Grace, por supuesto —dijo Mary-Love, mirando a su sobrina al otro lado de la mesa—. Grace lleva con nosotros bastante tiempo ya, pero ahora están también Miriam y Frances. Y, por Dios, son hermanas, ¡y apenas tienen ocasión de mirarse a la cara! Y, además, tenemos a Malcolm y Lucille, que también deberían estar aquí...

—¡¿Vas a invitar a Queenie Strickland?! —exclamó Sister con asombro.

James se quedó con la boca abierta.

—Voy a invitar a la familia al completo —dijo Mary-Love, saboreando la consternación que había causado. El hecho de que fuera capaz de sorprenderlos de forma tan rotunda y con tanto efecto era una demostración de que sus poderes seguían intactos.

—¿Y a Oscar y Elinor también? —preguntó James, sacudiendo la cabeza con asombro.

—A todos.

—¿Crees que vendrán? —preguntó Sister—. Queenie sí, desde luego —añadió, en respuesta a su propia pregunta—, y traerá consigo a esos dos demonios.

—¡Sister! —exclamó Mary-Love en tono de reproche, ya que nunca había oído a su hija pronunciar una sola palabra que se acercara siquiera a una maldición.

—Es lo que son, ni más ni menos —replicó Sister—. Pero, mamá, ¿de verdad crees que lograrás convencer a Elinor y hacer que se traiga a Frances?

—No veo por qué no iba a venir —replicó Mary-Love—. Y no veo por qué no iba a traer a su hija. Además, estas Navidades vamos a celebrar algo más.

—¿A qué te refieres? —preguntó James.

—Early dice que va a tener los planos del dique terminados la semana que viene y creo que debemos celebrarlo.

—He tardado mucho más de lo que había previsto —se disculpó Early.

—Pero es que quería hacerlo bien —se apresuró a añadir Sister—. Y, James, el consejo invirtió sabiamente el dinero cuando contrató a Early para el trabajo. Una vez que esté listo para empezar, ese dique subirá que dará gusto.

—Bueno, me alegra mucho oírlo —dijo James con pies de plomo—. Pero, Mary-Love, creo que es mejor que no le digas nada de esto a Elinor. No le digas que va a venir a una fiesta para celebrar la construcción del dique o te garantizo que no pondrá un pie en esta casa.

—Seguramente tengas razón, James. A lo mejor si la invitaras tú, vendría. Dile que pondré un árbol enorme, el más grande que hayamos tenido nunca, y que puede traer todos sus regalos aquí. Dile que llenaremos el salón de regalos para los niños, tal vez eso la convenza. Tal vez si le dices que la familia tiene que juntarse por Navidad y que también he invitado a Queenie, la cosa cambie.

—¿Ahora es amiga de Queenie? —preguntó Sister, y Mary-Love asintió con la cabeza.

—Eso he oído...

Sister asintió también, pensativa: de pronto comprendía los motivos de aquella invitación, mejor incluso de lo que Mary-Love habría querido.

Esa misma tarde, James fue a casa de Elinor y los invitó, a ella y a Oscar, a pasar el día de Navidad en casa de Mary-Love. Mencionó que también invitaría a Queenie, pero no dijo nada de la presencia de Early Haskew, ni del hecho de que este estaba terminando los planos del dique. Elinor aceptó la invitación sin inmutarse y se limitó a comentar que ya tenía planeado ir a Mobile a comprar regalos para todos. Casi al mismo tiempo, Sister se acercó a casa de Queenie con una bandeja de caramelos y le extendió la misma invitación. Queenie intentó encontrar la forma de hablar con Elinor antes de decidir si aceptar o no, pero tenía que dar una respuesta inmediata; no podía alegar un compromiso previo, pues Sister sabría que era mentira. Así pues, dijo que sí y se encomendó a Dios para no haber ofendido a Elinor con ello.

Esa tarde, Queenie fue a casa de Elinor para debatir la cuestión con su nueva amiga.

—Podría decir que tengo que volver a Nashville por lo que sea y quedarme encerrada en casa todo el día —sugirió Queenie con cierto entusiasmo, convencida de que la idea era tan ridícula que Elinor jamás le pediría que la llevara a cabo. Cuando Queenie había declarado su aversión a Mary-Love, lo había hecho solo por Elinor.

—No —dijo Elinor—, Oscar y yo también iremos y nos llevaremos a Frances, o sea que no hay motivos para que no vayas tú también, Queenie.

—Me alegra oír eso —contestó esta—. Hace que todo sea mucho más fácil para todos.

—Yo quiero ir —dijo Elinor—. Hace mucho tiempo que no pongo los pies en esa casa y creo que ya va siendo hora de que vea qué trama la señora Mary-Love.

A primeros de noviembre, un delineante de Pensacola se instaló en el Hotel Osceola y pasó tres semanas trabajando día y noche para levantar copias definitivas, en papel de calco, de todos los planos de

Early para el dique. Cuando por fin terminó, Early y Sister se llevaron los planos a casa y los extendieron sobre la cama de esta para poder admirarlos. Al día siguiente los presentaron en la oficina del registro del ayuntamiento y sacaron fotografías por si acaso. El martes de la semana siguiente, Early los presentó ante el consejo municipal junto con una estimación revisada de los costes y un calendario de ejecución de las distintas fases de la obra. Para satisfacción del consejo, el coste final sería inferior al inicialmente previsto y, si todo iba bien, Perdido quedaría protegido por un dique infranqueable e indestructible para el invierno de 1924.

Tom DeBordenave informó a los miembros del consejo de lo que ya sabían: que la asamblea legislativa estatal había autorizado una emisión de bonos para la construcción del dique, cuya venta se gestionaría a través del First National Bank de Mobile. Los tres propietarios de los aserraderos habían depositado veinticinco mil dólares cada uno en el banco de Perdido, de modo que ya nada podía impedir el inicio inmediato de las obras.

El consejo aprobó de forma unánime nombrar a Early Haskew ingeniero jefe del proyecto, y le dieron instrucciones para que fuera inmediatamente a Pensacola, Mobile y Montgomery, y empezara a hablar con contratistas para pedirles las correspondientes plicas. La reunión se cerró con una plegaria. Con la cabeza gacha, James Caskey le pidió a Dios que no enviara otra riada antes de que Early Haskew terminara su trabajo.

Early partió enseguida para cumplir con su misión, para disgusto de Sister. Aunque en realidad ella y Mary-Love estaban atareadísimas con los preparativos navideños, que se sumaron a la actividad frenética propia de las semanas previas a las fiestas.

Las idas y venidas entre las casas de Mary-Love y Elinor se incrementaron. Elinor envió un tarro de conservas de fresa, favor que le fue devuelto en forma de un kilo de nueces de pecán descascaradas; ese detalle, a su vez, regresó en forma de pastel de frutas empapado con ron de la Habana de antes de la ley seca. Tales ofrendas siguieron yendo y viniendo de la cocina de Ivey a la de Roxie, y su valor aumentaba cada vez que Zaddie cruzaba el patio con algo en brazos.

Aun así, Mary-Love y Sister no vieron a Elinor más a menudo que en los meses anteriores. De hecho, no la vieron hasta una semana antes de Navidad. Sister había ido a casa de Elinor con una caja enorme de ropa de bebé, prendas que le habían quedado ya pequeñas a Miriam pero que, a su parecer, todavía podían serle útiles a Frances. Elinor le agradeció la consideración, la invitó a entrar y le sirvió un té ruso. Dejó que cogiera a Frances en brazos y que la arrullara, y le dio un montón de regalos ya envueltos para que se los llevara a casa y los colocara bajo el árbol.

Early había previsto pasar no más de una semana fuera de casa, pero en dos ocasiones envió sendos telegramas para anunciar que se había visto obligado a desplazarse más lejos de lo esperado.

—Dudo que logre volver para Navidad —dijo Mary-Love a Sister, que estaba muy alicaída—. No pasa nada, eso quiere decir que seremos solo los de la familia.

Aun así, en Nochebuena Sister pasó tres horas sentada junto a la ventana de su habitación, esperando el regreso de Early. Pero el ingeniero no tenía automóvil, por lo que había pocas probabilidades de que llegara conduciendo, y esa era la única forma de llegar al pueblo desde la estación de tren de Atmore. Al final, Mary-Love entró en la habitación y le ordenó que se fuera a la cama, y Sister prefirió obedecer antes que tener que confesarle la causa de su ansiedad.

Al principio parecía que todo iba a salir a pedir de boca. Habían cerrado las puertas del salón para evitar una intrusión temprana de los niños. Después del desayuno —que a Grace, Malcolm y Lucille se les hizo interminable—, las abrieron y todos pudieron admirar un soberbio despliegue de regalos radiantes. Grace aplaudió con entusiasmo y contempló embelesada las filas y más filas de paquetes envueltos con papel de fantasía que, partiendo de la base del árbol, se extendían hasta casi llenar el salón. Había regalos debajo de las sillas, escondidos detrás de las cortinas, colocados en los alféizares de las ventanas, apilados en la repisa de la chimenea y amontonados en el sofá. Por si fuera poco, había también varios regalos grandes, sin envolver, en los rincones de la sala: un caballito de balancín para Lucille, una bicicleta roja para Malcolm y una casa de muñecas con torrecilla incluida (y totalmente amueblada) para ella. Los Caskey se sentaron donde pudieron en el abarrotado salón; de hecho, tuvieron que acercar varias sillas del comedor a la puerta. Zaddie, Ivey y Roxie, que habían pasado toda la mañana en la cocina, recogieron el comedor y se sentaron juntas en un banco frente a la ventana, desde donde presenciaron el espectáculo y donde les entregaron los paquetes que llevaban su nombre.

A Grace le encargaron la tarea de ir eligiendo los regalos, leer la tarjeta adjunta y entregarle cada uno a la persona correspondiente. Malcolm insistió en ayudarla, pero como todavía no sabía leer tuvo que conformarse con distribuir los regalos mientras Grace iba cantando los nombres. Por si no había suficientes paquetes, Grace se empeñaba en dilatar todavía más el proceso, negándose a repartir uno nuevo hasta que se hubiera abierto el anterior. Todo el mundo recibió tantos regalos que pronto el salón quedó convertido un mar de telas, cintas y papeles desechados, en medio de los cuales se alzaban islas de regalos apilados con delicadeza, con las tarjetas cuidadosamente adheridas. Cada dos por tres se oía alguna exclamación de sorpresa, gratitud, admiración y envidia. Grace estaba segura de que nunca en su vida había sido tan feliz.

Los únicos regalos que no se distribuyeron fueron los que correspondían a Early Haskew. Grace ni siquiera anunciaba su nombre, simplemente los iba dejando a un lado.

El jolgorio se prolongó durante más de dos horas. Antes de que terminara, Roxie e Ivey volvieron a la cocina para empezar a preparar la comida. De pronto sonó el teléfono y Sister, que era la que estaba más cerca, fue corriendo a contestar. Al oír la voz al otro lado, se apartó de inmediato y se llevó el teléfono detrás de la escalera, fuera de la vista de los demás.

Era Early Haskew, que llamaba desde la estación de tren de Atmore. Se disculpó por no haber podido llegar antes y, aunque lamentaba mucho molestarlos la mañana de Navidad, se preguntaba si no podrían enviar a alguien a recogerlo a Atmore. En cuanto colgó, Sister fue a la cocina, donde encontró a Bray sentado a la mesa, abriendo el primero de los cuatro regalos que había para él bajo el árbol. Ya llevaba puesto su mejor uniforme y, a instancias de Sister, fue a sacar el coche de inmediato.

Cuando volvió al salón, Sister no dijo nada. Mary-Love estaba tan enfrascada con los regalos y cautivada con el entusiasmo de los niños que se le olvidó preguntarle quién había llamado.

Early Haskew entró en la casa una hora más tarde. Grace y Lucille estaban en el salón, jugando con sus juguetes bajo el árbol; Malcolm estaba fuera, pedaleando en su bicicleta nueva calle arriba y calle abajo; las criadas estaban en la cocina, preparando la comida; y los Caskey adultos y las dos niñas pequeñas estaban una vez más sentados alrededor de la mesa del comedor.

Mary-Love no esperaba ver a Early Haskew y soltó un pequeño grito de alegría; Queenie, por su parte, empezó a hablar sola a cien por hora. Oscar y James se levantaron con exclamaciones de sorpresa y júbilo, le estrecharon cordialmente la mano y le acercaron una silla a la mesa. Sister, con Miriam en brazos, y Elinor, con Frances en brazos, no dijeron nada. Sister lo miró con una sonrisa boba; Elinor, por su parte, tenía aspecto preocupado y distraído.

Early se sentó a la cabecera de la mesa y se dirigió a todos por turnos, con su voz potente y templada. Se alegraba de volver a ver a James y a Oscar, y tenía muchas cosas que contarles. Estaba muy contento de volver a estar en casa, Mary-Love no podía ni imaginarse cuánto había echado de menos aquellas paredes. Le dijo a Ivey Sapp, que estaba en la cocina, que no había nadie en Mobile, Montgomery, Pensacola, Natchez ni Nueva Orleans que cocinara como ella. Sí, se acordaba perfectamente de la señora Strickland, y Bray había estado a punto de atropellar a su hijo mientras este iba con su nueva bicicleta roja. No sabía cómo se las había apañado tanto tiempo sin Sister, que siempre le decía lo que debía hacer, y se había sentido muy solo en todos esos lugares; siempre sentía el impulso de darse la vuelta para decirle algo a Sister, pero no estaba allí. Y también (en voz más baja), ¿cómo estaba la señora Elinor? y ¡qué guapa estaba su pequeña!

Elinor asintió con la cabeza, pero no dijo nada. Después de los saludos de Early, Oscar quiso saber qué novedades traía él. Por deferencia a su esposa no pronunció las palabras «en cuanto al dique», pero viendo los labios fruncidos de Elinor era evidente que ella sabía que se refería a eso sin necesidad de que lo dijera en voz alta.

—Bueno —dijo Early—, pues creo que he encontrado a alguien. He buscado por todas partes y, después de hablar con unas dos mil personas, he encontrado a un hombre en Natchez que está dispuesto a venir y presentar una oferta. Si yo fuera el ayuntamiento, aceptaría su oferta aunque no fuera la más baja. El hombre, que se llama Avant, Morris Avant, va a hacer el mejor trabajo. Y cuando uno tiene entre manos un proyecto tan monumental como el de este dique, lo importante...

Early vio que Oscar se encogía ante sus palabras, e hizo una pausa. Oscar se había dado la vuelta para mirar a su mujer, que estaba sentada al otro extremo de la mesa, y los demás lo imitaron. Elinor estaba abotonando la camisola de Frances con la cabeza gacha, y si su expresión delataba lo que estaba pensando, nadie podía verla para leerla.

—Cuando se trata de un proyecto como el de este dique —prosiguió Early, midiendo sus palabras—, lo importante es que se haga bien.

—Voy a llevar a Frances arriba para que duerma la siesta —dijo Elinor de repente—. Apenas puede mantener los ojos abiertos. ¿Dónde la pongo, señora Mary-Love?

—Déjala en la cama de Miriam, Elinor. Espera, subiré contigo.

—No hace falta, quédese aquí abajo. Volveré a bajar en un rato.

Elinor se levantó y abandonó el comedor en silencio, cruzó el pasillo y subió las escaleras al primer piso.

Todos los presentes sabían que Elinor se había marchado porque le incomodaba la presencia de Early Haskew y sus palabras sobre la construcción del dique. Lo curioso era que Elinor no hubiera hecho nada más: no se había llevado a Frances a casa, tan solo había subido con ella al piso de arriba. No había dicho «No pienso estar en la misma sala que ese hombre», sino tan solo «Volveré a bajar en un rato». Había ocultado su ira tras una máscara de educada impasibilidad. Mary-Love y Sister respiraron hondo y exhalaron al unísono.

—Anonadada estoy... —dijo Sister en voz baja.

—Ya creía que iba a montar un numerito —respondió Mary-Love.

Por una vez, Queenie se quedó quietecita y callada, como quien observa una batalla desde un lugar seguro, ansioso por saber qué ejército ganará y a qué general tendrá que jurar lealtad.

Elinor no volvió a hacer acto de presencia durante la siguiente hora, de modo que Early siguió hablando de su viaje. Entretanto, Roxie entró en el salón y empezó a poner la mesa para la comida. Cuando Early terminó su crónica ya era hora de llamar a los niños. Miriam ya había comido, de modo que Mary-Love se la llevó arriba y la dejó en la cama de Sister, rodeada por una pequeña fortaleza de almohadas. Entonces Mary-Love llamó a la puerta del dormitorio de Miriam, abrió con cuidado y le dijo a Elinor, que estaba sentada en una silla junto a la ventana contemplando el fangoso Perdido, que, si estaba lista, la comida estaba servida en el comedor. Elinor respondió que había estado pensando en su familia y en el lugar de donde venía, y que había perdido la noción del tiempo. Antes de volver a salir, Mary-Love se asomó a la cuna.

—Frances es la niña más bonita que haya visto nunca —declaró—. Con la excepción de Miriam, por supuesto.

La comida de Navidad fue más formal que el desayuno. Las dos bebés dormían en el piso de arriba y a los otros tres niños los desterraron a una mesita cuadrada de color rojo dispuesta en la cocina, donde experimentaron vivamente toda la infamia de su tierna edad. Así, los adultos tuvieron el comedor para ellos solos. Cuando se arremolinaron en torno a la mesa, preguntándose qué asiento debían ocupar, Mary-Love fue señalando la silla correspondiente, velando por colocar a Early y Elinor lo más separados posible. Tras haber maquinado aquella injuriosa reunión, podía permitirse ser un poco caritativa.

Después de que James, sentado entre Elinor y Queenie, bendijera la mesa, Sister se dirigió a Early, al que tenía al lado, y le preguntó:

—Así pues, ¿por lo que a ti respecta está todo más o menos arreglado?

—Sí, supongo que sí —dijo Early—. ¿Por qué lo preguntas?

—Porque en ese caso tengo algo que decir —respondió Sister.

Pero justo en ese momento Ivey y Roxie entraron con el pavo —la mitad del cual habían trinchado ya en la cocina—, un faisán que Oscar había cazado en las tierras de Caskey del condado de Monroe, un plato de salmonete frito, un jamón pequeño, un cuenco con boniato, varios tazones con guisantes verdes, crema de maíz, relleno, alubia carilla y codillo de jamón, ocra hervida, salsa de pepinillos, un plato de panecillos dulces, un plato de galletas, una barra de mantequilla fría con un árbol de Navidad grabado en la parte superior y un jarra de té helado. A James le tocó trinchar el jamón y a Oscar, el faisán.

Con la llegada de la comida, nadie pareció tener mucha curiosidad por saber qué era lo que Sister quería decir. En todo caso, esta estaba acostumbrada a que los demás no dieran importancia a sus asuntos. Cuando por fin todos los platos estuvieron llenos, las fuentes estuvieron sobre el aparador y Zaddie se hubo llevado las galletas y sustituido los panecillos fríos por otros calientes, Mary-Love dijo:

—A ver, ¿qué es lo que tienes tantas ganas de decirnos, Sister? Nunca había visto a una mujer adulta tan nerviosa.

—¿Está todo el mundo servido? —preguntó Sister con tono pícaro.

—Sí —respondió Mary-Love, que al parecer no se percató del tono de voz de su hija—. ¿Quieres hacer el favor de hablar de una vez?

—Bueno —dijo Sister. Miró alrededor de la mesa y decidió ignorar el hecho de que todas las cabezas estuvieran inclinadas sobre los platos y que nadie se molestara siquiera en prestarle atención—. Ahora que el asunto del dique está resuelto, por lo menos en lo que respecta a Early, él y yo nos vamos a casar.

Todos levantaron la cabeza, dejaron el tenedor y se quedaron mirando a Sister. Entonces se volvieron a mirar a Early. De hecho, todos medio sospechaban que Sister se lo había inventado y que Early estaría tan sorprendido como ellos. Pero Early estaba sonriendo y, con su vozarrón habitual, dijo:

—¡Dice Sister que no le importa que ronque como un oso!

Mary-Love apartó el plato y dijo con acritud:

—Sister, preferiría que tú y Oscar no me dierais estas noticias durante la comida. Sabes que pierdo el apetito enseguida y que luego no hay manera de recuperarlo. ¡Roxie! —exclamó, y la muchacha apareció en la puerta—. Roxie, llévate mi plato. No voy a ser capaz de probar otro bocado. —Roxie recogió el plato—. Early —añadió entonces Mary-Love, volviéndose hacia el ingeniero, que estaba sentado a su derecha—. ¿Es cierto? ¿Se va a casar con mi hija?

—Sí, señora —dijo Early con orgullo.

—No me lo puedo creer —respondió Mary-Love—. ¿Se lo pidió ella, o fue usted?

—Fui yo, estábamos...

Para entonces, los demás comensales habían recuperado la compostura, y la respuesta de Early a Mary-Love se perdió en medio de una lluvia de felicitaciones. James habló tal vez en nombre de todos cuando, sin ánimo de ser descortés, dijo:

—¡Sister, nunca pensé que fuera a llegar el día!

—¿Y cuándo va a ser? —preguntó de repente Mary-Love.

Early enarcó las cejas: no tenía ni idea. Se volvió hacia Sister.

—El jueves de la semana que viene —dijo ella—. El tres de enero.

—¡Imposible, Sister! —exclamó Mary-Love—. Tienes que posponerlo, tienes que...

—El jueves de la semana que viene —repitió Sister, con una voz tan fuerte como la de su prometido. Entonces se giró hacia su madre y esbozó una sonrisa anodina de las suyas—. Mamá —dijo—, ya mareaste a Oscar para que aplazara su boda y lo único que te trajo fueron problemas. Esta vez no tendrás ni una palabra que decir al respecto.

—¡Qué vergüenza! —exclamó Mary-Love—. ¡Tener invitados a la mesa y que tengan que oír a mi hija hablarle así a su madre!

—Si quieren pueden irse —dijo Sister con indiferencia—. O si quieres puedes irte tú, mamá. O puedo irme yo y llevarme a Early conmigo. O podemos quedarnos todos sentados y terminar de comer. Feliz Navidad, familia.

Los presentes nunca habían oído a Sister expresarse con tanto aplomo. La miraron, luego miraron a Early, y se preguntaron si el ingeniero sabía dónde se estaba metiendo.

Sister llamó a Roxie y le pidió que volviera a sacar el plato a Mary-Love.

—Mamá —dijo con gran seriedad—, hoy es un día feliz para mí y no vas a estropearlo devolviendo tu plato a la cocina. Te vas a quedar sentada en tu sitio y te alegrarás por mí, ¿me oyes?

Mary-Love pasó la siguiente media hora mordisqueando un ala de faisán. Mientras tanto, Sister relató de forma resumida cómo la había cortejado Early, y reveló que hacía ya más de un mes que se habían puesto de acuerdo, y que solo habían estado esperando a la finalización de los planes del dique para anunciarlo como era debido.

Mary-Love no dijo nada más, pero miró a Elinor una o dos veces. Esta la pescó cada vez y le devolvió la mirada con una media sonrisa de satisfacción. Mary-Love había terminado derrotada ni más ni menos que por el arma que había intentado emplear contra Elinor: Early Haskew. Finalmente, Elinor preguntó lo que su suegra no se atrevía a mencionar:

—Sister —dijo—, ¿dónde vas a vivir después de casarte con el señor Haskew? ¿Te quedarás aquí o piensas hacer las maletas y mudarte, y dejar a la señora Mary-Love sola?

10

La espía

Sister no permitió que le dieran largas, ni se dejó persuadir. Mary-Love le suplicó que la dejara organizar una boda medianamente decente para por lo menos uno de sus hijos.

—¿Tardarás más de un mes? —preguntó Sister en tono tajante.

—Cualquier cosa medianamente decente llevaría por lo menos tres meses, Sister, ¡lo sabes! Primero habría que...

—En ese caso, Early y yo nos casaremos la semana que viene —la cortó Sister.

Mary-Love habría estado encantada de presentar batalla, pero su hija le dejó bien claro que no pensaba discutir con ella: tenía la intención de casarse con Early Haskew, y las objeciones de su madre a cualquier parte de aquel plan solo servirían para alejar a Sister de su lado.

Mary-Love estaba perpleja. En sus planes, aquella Navidad debía ser el primer paso en una gran campaña contra Elinor y su aliada, Queenie, pero de repente se encontró con el ataque de un ejército (el de Sister) que ni siquiera sabía que estuviera en el campo de batalla. La situación la cogió por sorpresa, y no tuvo más remedio que ofrecer una rendición estratégica. Su único consuelo era que iba a incorporar a su familia a un soldado, Early Haskew, hostil a su enemigo.

La ceremonia se celebró en el salón principal de Mary-Love, en cuya alfombra había aún agujas del árbol de Navidad. La ministra metodista ofició la ceremonia y Grace llevó las flores e hizo las veces de dama de honor. Sister se había planteado pedirle a Elinor que fuera su madrina de honor, pero sabiendo la aversión que sentía hacia su prometido —o, cuando menos, hacia el propósito que había llevado a su prometido al pueblo—, decidió no arriesgarse a la vergüenza de que le diera calabazas.

Como regalo de bodas, James y Mary-Love aunaron esfuerzos y le compraron a Early un coche como el que James le había oído admirar un día en la calle. Fue con ese automóvil nuevo que, inmediatamente después de la ceremonia, Sister y Early partieron hacia Charleston, en Carolina del Sur, una ciudad donde Sister no había estado nunca pero que siempre había querido visitar. Cuando se hubieron marchado, Mary-Love soltó un profundo suspiro, se sentó en una esquina de la mesa del comedor y apoyó la cabeza en la palma de la mano.

—¿Qué pasa, Mary-Love? —preguntó Queenie, que había logrado que, para la boda, James le diera permiso para comprarse un vestido de seda verde mar en la tienda de Berta Hamilton—. ¿No sabes que desde hoy tienes uno de los mejores yernos de todo el estado de Alabama al sur de Montgomery?

—Sí, ya lo sé, Queenie —suspiró Mary-Love levantando la voz, como si quisiera que quienes aún estaban en el salón oyeran bien sus palabras—. Lo que no entiendo es por qué mis hijos me tratan así.

—Tus hijos son buena gente. Podrían asfixiarte con su amor.

—Bueno, eso es lo que yo siento por ellos, pero ellos no se preocupan mucho por mí.

—Claro que nos preocupamos, mamá —dijo Oscar, que, efectivamente, había oído a su madre desde el salón y volvió al comedor para manifestar su afecto sin fisuras.

—Si de verdad me quisieras —dijo Mary-Love aún en voz alta, pues Elinor y James seguían en la sala contigua—, ¿te habrías casado en el salón de James aprovechando que yo estaba de compras en Mobile? ¿Se habría presentado Elinor ante la predicadora con un vestido apenas hilvanado? ¿Os habríais ido de luna de miel antes de que yo tuviera ocasión de daros un beso y expresaros mi alegría?

—Mary-Love había levantado de nuevo la cabeza y pronunció aquellas palabras con virulencia—. Si Sister me quisiera, ¿habría mantenido su compromiso en secreto hasta poder soltarlo en la mesa, durante la comida de Navidad? ¿Se habría casado una semana más tarde, cuando podría haber esperado perfectamente un par de meses y hacerme feliz con ello? ¿Habría invitado solo a la familia, cuando podríamos haber invitado a trescientas personas a que vinieran en automóvil desde Montgomery y en tren desde Mobile, y llenaran la iglesia?

—Mamá —dijo Oscar, impasible ante el reproche cariñoso que transmitían sus palabras, lo mismo que ante el reproche airado de su tono de voz—, tú no querías que Elinor y yo nos casáramos. Postergaste el asunto una y otra vez, hasta que no tuvimos más remedio que hacerlo a tus espaldas. Por eso Sister ha actuado así: no quería que le hicieras lo mismo. Y porque creía que le pedías que se casara en la iglesia dentro de tres meses porque tenías motivos ocultos.

Mary-Love volvió a suspirar.

—Vete, Oscar —dijo—. No me quieres.

—Sí te quiero, mamá —contestó Oscar en voz baja y salió del comedor.

Sister aún no había dicho dónde pensaban vivir ella y Early cuando volvieran de la luna de miel. Mary-Love se moría de ganas por saberlo, pero no se había atrevido a preguntárselo. El mero hecho de preguntarlo habría dado a Sister una tremenda ventaja en cualquier negociación posterior. Mary-Love no era ni mucho menos una mujer estúpida y sabía perfectamente que, a pesar de su rebeldía —que se había manifestado poco más que en cómo habían decidido contraer matrimonio—, Oscar y Sister la querían. La arbitrariedad con la que habían actuado era una táctica que habían aprendido de la propia Mary-Love. Como era un hombre, Oscar la había aprendido solo a medias y había necesitado un empujoncito de Elinor. Sister, en cambio, se había tragado la lección entera y había arrastrado al incauto de Early Haskew al altar. Aunque nunca lo habría admitido, Mary-Love estaba realmente orgullosa de su hija por haber actuado como lo había hecho. Con su repentino matrimonio, a ojos de Mary-Love, Sister había alcanzado la edad adulta y estaba apenas a un paso de la igualdad con ella. Ahora más que nunca, Mary-Love temía perderla y quedarse sola en casa, e incluso llegó a decirse a sí misma que echaría de menos el vozarrón y los terribles ronquidos de Early Haskew.

Y luego estaba Miriam. La niña pertenecía conjuntamente a Mary-Love y a Sister; era inconcebible que esta intentara llevársela con ella, y a Mary-Love le resultaba casi igual de difícil imaginarse cómo podría ocuparse de la pequeña a solas. La única solución, al parecer de Mary-Love, era que Sister y Early siguieran viviendo en la casa. Por eso, mientras Sister y Early estaban aún de luna de miel, Mary-Love fue en coche a Mobile y compró el conjunto de muebles de dormitorio más caro que encontró. Sacó los muebles de Sister del dormitorio principal y mandó pintar las paredes. Puso una alfombra nueva y llenó la habitación con el mobiliario nuevo. Incluso llegó a llamar a la puerta de Elinor y le preguntó si consideraría la posibilidad de preparar un nuevo juego de cortinas para la vuelta a casa de Sister. Para gran sorpresa de Mary-Love, esta aceptó de buen grado e incluso se ofreció a comprar la tela, pero Mary-Love ya se había encargado de ello.

Cosieron las cortinas esa misma noche y las colgaron al día siguiente.

Mary-Love le dio las gracias a Elinor y aceptó su invitación para ir a cenar con ella y Oscar. Así, por primera vez, Mary-Love cenó en la casa que había construido para su hijo y su esposa. A Miriam, que ya tenía casi dos años, la sentaron en una trona que Zaddie había llevado a la casa por la tarde, y la niña se pasó toda la comida mirando a su verdadera madre con una mezcla de curiosidad y recelo.

Unos días más tarde, Sister y Early regresaron a Perdido. Sister le dio un beso a Mary-Love y antes incluso de quitarse el sombrero exclamó:

—¡Mamá, huele a muebles nuevos! ¿Has estado otra vez en Mobile?

Mary-Love la llevó arriba y le mostró lo que había hecho en su ausencia.

Early, un hombre sencillo, recordaba que Sister había dicho que pocas cosas le darían tanto placer como dejar a su madre en la estacada y, por lo tanto, había supuesto que en cuanto regresaran de la luna de miel encontrarían otro lugar donde vivir. Por eso la habitación recién amueblada, al igual que la expresión de Sister, lo desconcertaron.

—Es muy bonita, ¿verdad, Early? —preguntó esta.

Early asintió con la cabeza y preguntó:

—¿Es aquí donde vamos a vivir?

Sister miró a su madre.

—De momento, sí —dijo—. Es muy bonito, mamá, te has tomado muchas molestias.

En aquel momento, Mary-Love constató dos cosas. La primera, que a pesar de aquel «de momento» Sister no tenía ninguna intención de marcharse de casa; y la segunda, que nunca la había tenido, y que aunque en su momento pudiera parecer que había tomado la decisión de abandonar a su madre, en realidad todo había sido un farol. A Mary-Love le pareció ver mucho de sí misma en aquella forma de actuar. Sister había demostrado una gran destreza.

—¡Pues claro que me he tomado algunas molestias, Sister! —respondió Mary-Love, dirigiéndose finalmente a una igual—. ¡Algo tenía que hacer para que te quedaras conmigo! ¿Qué habría hecho si tú y Early hubierais decidido buscar otra casa donde vivir? ¿Qué habríamos hecho con la pobre Miriam? ¿Cortarla en dos con una espada? ¿Devolvérsela a Elinor?

—¡No habría podido renunciar a Miriam! Pero, mamá —la advirtió Sister, que no estaba dispuesta a ceder por completo a la ventaja conseguida—, no te acostumbres demasiado a tenernos a Early y a mí cerca. ¡Nunca se sabe cuándo decidiremos dejarte en la estacada!

—Ay, no le harías eso a tu pobre mamá —dijo Mary-Love en voz baja, y luego los dejó solos para que deshicieran las maletas.

Varios contratistas con los que Early había hablado el mes anterior presentaron plicas selladas para la construcción del dique, y la del preferido de Early para el trabajo, Morris Avant, resultó ser la segunda más económica. Por recomendación de Early, la primera parte del proyecto se adjudicó a Avant.

Pero antes de poder empezar a trabajar en el dique había que hacer muchas cosas. La construcción iba a requerir emplear entre ciento cincuenta y doscientos hombres, y aunque algunos podrían ser no cualificados —y podían salir de entre los desempleados de Baptist Bottom—, a la mayoría tendrían que traerlos de fuera. Para la construcción de la nueva estación de bombeo de agua, el año siguiente a la inundación de 1919, habían tenido que traer a veinticinco trabajadores. Los capataces se habían alojado en el Hotel Osceola, mientras que los trabajadores peor pagados habían acampado en el escenario del auditorio de la escuela y habían comido en la escuela los días laborables y en la iglesia metodista los sábados y domingos. Sin embargo, aquella solución no funcionaba para lo que equivaldría casi a un ejército. Alguien sugirió que podían alojar a los hombres en las escuelas, pero privar a estas del uso de sus edificios durante casi dos años no era una opción viable. Así pues, los hermanos Hines se pusieron manos a la obra para construir dos grandes edificios en un campo situado al sur de Baptist Bottom, donde se alojarían los trabajadores blancos; un barracón albergaría los dormitorios y el otro, la cocina y el comedor.

Los habitantes de Perdido empezaron a comprender hasta qué punto los diques iban a alterar el aspecto de su pueblo. A corto plazo supondrían una importante afluencia de trabajadores y un gran desembolso de fondos públicos, lo cual era ya bastante malo de por sí; pero de pronto empezaron a pensar en lo que iba a suponer pasar el resto de sus vidas rodeados de muros de tierra; mirar por la ventana y no ver los ríos, sino unos diques de arcilla roja más altos que sus casas, anchos, macizos y nada agradables a la vista. Algunos se acordaron de que Elinor

Caskey se había pronunciado en contra de los diques usando un argumento similar, y que lo había hecho a pesar de que su propio marido era uno de los principales impulsores del proyecto.

Algunas personas le pidieron a Elinor su opinión sobre los planes previstos y los preparativos que se estaban llevando a cabo, pero Elinor se limitó a decir:

—Ya le dije a todo el mundo lo que pensaba en su momento, y sigo pensando lo mismo. Cuando los diques estén terminados, si es que se terminan algún día, será como vivir dentro de una cantera de arcilla. Además, el agua puede desgastar los diques o llevárselos por delante. Pueden tener fugas o abrirse de par en par. Nada puede detener el flujo de un río si este quiere llegar al mar y nada evitará que el agua crezca si decide derramarse por encima de un montículo de arcilla.

Lo mejor durante aquella época era no contrariar a Elinor. Su temperamento, sus reacciones y sus opiniones tenían un elemento imprevisible. No volvió a invitar a Mary-Love a cenar, y aunque cosió las cortinas para el dormitorio matrimonial de Sister y Early, nunca llegó a darles la bienvenida después de la luna de miel.

Un día en que Mary-Love fue a visitar a Creola Sapp, aquejada de una especie de fiebre invernal, encontró a la hija menor de Creola arrastrándose por el suelo con un vestido que la propia Mary-Love había hecho para Miriam un año antes. La prenda había sido uno de los muchos artículos de ropa de bebé que le había dado a Elinor para que los aprovechara Frances, y que Elinor había aceptado con aparente gratitud.

—Sí, señora —dijo Creola cuando le preguntó—, la señora Elinor fue muy buena conmigo y me sacó una caja entera de cosas para Luvadia, las prendas más bonitas que haya visto jamás.

—Pues sí, Creola. Desde luego que lo son —murmuró Mary-Love, furiosa porque Elinor le hubiera regalado toda esa ropa bonita a Creola Sapp. Pero lo que más le dolía de aquella afrenta era que la había descubierto por pura casualidad, es decir, que Elinor no lo había hecho para herirla. Para Mary-Love, que lo hubiera hecho sin intención de lograr un efecto ulterior reveló un elemento perverso en el carácter de Elinor que la dejó sin aliento.

Mary-Love regresó enseguida a su casa y subió corriendo a ver a Sister, que estaba en el dormitorio de Miriam. Mary-Love expresó su indignación ante la idea de que aquellas prendas tan elegantes pasaran directamente de su preciosa Miriam, que a sus dos años se echaba a llorar si no le abrochaban un brazaletito de diamantes en la muñeca, a Luvadia Sapp, una mequetrefa rechoncha y con una sonrisa boba que solo serviría como cebo de caimán y que se arrastraba por las tablas astilladas de una choza ruinosa en medio del bosque.

—¡No logro entender cómo Elinor pudo hacer algo así! —exclamó Mary-Love, aunque en realidad su frustración abarcaba su incapacidad a la hora de entender todo lo que hacía su nuera.

Sister chasqueó los dientes.

—Mamá, Elinor está molesta.

—¿Qué le he hecho ahora?

—Elinor no está molesta contigo, mamá. Está enfadada porque han empezado a trabajar en el dique, y odia ese dique tanto como nosotras odiamos el infierno y a los republicanos.

Mary-Love miró primero a Sister y luego por la ventana hacia la casa de Elinor, como si aquella fachada, tal vez en la configuración de cortinas abiertas y cortinas cerradas, pudiera confirmar de algún modo la tesis de Sister. Entonces miró a Miriam, que caminaba tambaleándose por la alfombra.

—Sister —dijo finalmente—, puede que tengas razón.

Frances pescó un resfriado a finales de febrero, un resfriado de nada que, según Roxie, era lo esperable para una niña de su edad en esa época del año. El doctor Benquith visitó a la niña y estuvo de acuerdo con Roxie. Pero a pesar de aquellas palabras tranquilizadoras, Elinor insistió en que la niña corría peligro de muerte y le dijo a Oscar que, por el momento, se instalaría en el dormitorio de la niña por si a esta le costaba respirar. Oscar no se atrevió a protestar —al fin y al cabo, se trataba del bienestar de su hija— y accedió. Instalaron una cuna en el cuarto de Frances, y Elinor abandonó la cama matrimonial.

Al poco, todo pareció indicar que Frances se había recuperado del resfriado, pero Elinor siguió quedándose con ella día y noche. En la casa de al lado, Mary-Love y Sister sospechaban que si Elinor permanecía tan cerca de la niña no era para protegerla y reconfortarla, sino para que nadie se diera cuenta de que la pequeña estaba ya recuperada del todo. En cualquier caso, la enfermedad de Frances, imaginaria o real, no parecía remitir y mantenía a Elinor encerrada en casa. La única vez en que se dejaba ver en sociedad era para sus partidas de bridge de los martes, aunque Elinor, ignorando la rotación, insistió en que se celebraran en su casa mientras durara el peligro para la niña.

Queenie Strickland era la persona que más veía a Elinor, y creía en la enfermedad de Frances, más que nada porque le parecía sensato hacerlo desde un punto de vista estratégico. De vez en cuando le pasaba a Elinor artículos de revistas que ofrecían instrucciones precisas para el cuidado de niños enfermos. Compraba en la farmacia botellines preparados por curanderos, ataba los cuellos con cintas rosas y los agitaba como un péndulo ante la cara de Frances. Todos los días pasaba por la casa para preguntar por la niña y para llevarle noticias sobre los progresos del dique a Elinor, que solo aceptaba esas noticias de Queenie. Las dos mujeres se sentaban en el columpio del porche del piso de arriba y Elinor contemplaba el Perdido a través de las mosquiteras mientras escuchaba a Queenie con los labios fruncidos.

—Ayer por la tarde, Sister estuvo en Baptist Bottom y contrató a tres mujeres de color para que trabajen en la cocina. Cobrarán dos dólares al día solo por cocinar para setenta y cinco hombres. ¡Ojalá a mí me pagaran eso por cocinar para Malcolm y Lucille! Y en el aserradero han derribado los pequeños almacenes que había junto a la orilla del río y una cuadrilla de hombres los están construyendo de nuevo, pero diez metros más allá. Y esta vez van a poner ventanas, porque si no en verano hace tanto calor que los hombres apenas pueden soportar poner un pie allí. Ah, y el señor Avant y Early fueron a casa del señor Madsen, que creo que es donde Mary-Love consigue sus patatas, y le dijeron que le pagarían dos dólares por cada carreta de tierra que sacaran de detrás de su casa. Se ve que el tipo tiene un montículo de tierra ahí. Según se dice, es un antiguo cementerio indio y hay huesos de los indios debajo del túmulo; el señor Madsen les dijo que si encontraban los huesos tenían que llevárselos con todo lo demás. Y que, de todos modos, ya tenía intención de limpiarlo para plantar patatas, pero que aceptará los dos dólares si se los ofrecen, aunque no esté orgulloso de ello...

Elinor nunca se oponía a escuchar aquellas cosas y, de hecho, en una ocasión había advertido a Queenie de que no podía contarle a nadie que las escuchaba, por lo que Queenie comprendió que era su deber averiguar todo lo que pudiera sobre la construcción del dique e informar directamente a Elinor. Era como si esta fuera la reina y los constructores de diques de Perdido fueran un grupo de súbditos que se dedicaban a levantar barricadas de tierra y a fomentar una rebelión. Queenie, por su parte, era la espía leal que informaba de cada movimiento de la turba para que su soberana lo supiera todo y pudiera seguir manteniendo la apariencia de estar por encima de aquellas insignificancias.

Los hermanos Hines seguían trabajando en la construcción de la residencia y del comedor para los trabajadores que debían llegar al pueblo. Early y Sister recorrían Baptist Bottom llamando a todas las puertas en busca de personas que necesitaran empleo. Todos los jueves, el *Perdido Standard* publicaba largos artículos en los que se detallaban los preparativos que se estaban llevando a cabo para la construcción del dique y que incluían siempre al menos una fotografía de Early Haskew. El pueblo en pleno esperaba con expectación el momento en el que se vertiera la primera carga de tierra en la orilla del río Perdido. Todos esos acontecimientos se iban desarrollando con una velocidad y un estrépito cada vez mayores y, entretanto, Elinor Caskey pasaba más y más tiempo encerrada en su casa y nunca se la veía cerca de las obras.

II

Queenie recibe una visita

Las obras de construcción del dique empezaron en la orilla del Perdido más próxima a Baptist Bottom, al sur de la confluencia. Early contrató a trabajadores de Pensacola, Mobile, Montgomery, e incluso de lugares tan alejados como Tallahassee, que se instalarían en los barracones durante más o menos un año. Las canteras de tres condados se hicieron más anchas y profundas a medida que se extraía la piedra y la tierra que luego se trasladaba en camiones o incluso en carros de mulas. Los vehículos llegaban al pueblo todas las mañanas a través de las tres carreteras que permitían acceder a Perdido desde el resto del mundo civilizado. En Baptist Bottom se derribaron algunas casas pequeñas y, en su lugar, se fueron depositando los primeros cargamentos de tierra, que un ejército de hombres de color armados con palas nuevas se dedicaba a apisonar. Aquel primer muro de arcilla parecía poco más que un castillo de arena gigantesco construido por un niño, y todo el mundo se preguntaba si un terraplén de apariencia tan frágil iba a poder resistir al río cuando este se empeñara en desbordarse.

Todos los días, la población local de color se reunía y pasaba horas contemplando con invariable interés cómo los operarios llevaban a cabo las mismas acciones y los mismos movimientos, una y otra vez: llegaba un carro, descargaban la tierra y la arcilla y, bajo la dirección de un capataz, la amontonaban encima del montículo existente y la apisonaban. Al otro lado del río, en el campo situado detrás del ayuntamiento, se reunía un número igual de blancos ociosos, que seguían el desarrollo de las obras con la misma intensidad. Ambos grupos de espectadores afirmaban que se trataba de una labor tan lenta e ingente que no cabía esperar que ni siquiera sus hijos fueran a verla terminada. A lo mejor Early Haskew era un timador y nada más. ¿No sería mejor abandonar el proyecto ahora mismo?

Pasado más o menos un mes, uno de los curiosos que se había acercado por la mañana al descampado de detrás del ayuntamiento miró al otro lado del Perdido y creyó ver el terraplén con ojos nuevos. Si el día anterior el montículo de tierra de la orilla de Baptist Bottom le había parecido informe y amorfo, aquella mañana —y sin que se hubiera producido ningún gran cambio real respecto a la mañana anterior— le pareció que ofrecía una reveladora visión de lo que acabaría siendo el dique completo. Aquel hombre, asombrado ante su repentina extrapolación visionaria, le señaló lo que veía al siguiente mirón. Ese segundo hombre quedó aún más asombrado, pues también lo vio, y eso que había sido uno de los detractores más vehementes del proyecto. La noticia (o, más bien, la visión) se fue extendiendo de hombre a hombre y de mujer a mujer, por todo Perdido, hasta el punto de que una multitud se acercó a Baptist Bottom para verlo de cerca e incluso aplaudió a Early Haskew cuando este llegó en su automóvil. De repente, el dique se había convertido en algo realmente grande en Perdido.

La notable muralla medía ocho metros de ancho en su base, unos seis y medio de alto (según la parte del pueblo) y cuatro de ancho en la parte superior. Cada cuatro metros de dique que se completaban se cubrían con una capa de mantillo en la parte superior y en los laterales, donde se plantaba hierba de inmediato. Las mujeres negras de la comunidad hacían incursiones en los bosques para buscar zarzaparrilla, cornejo, acebo y rosas silvestres, que también plantaban en los muros de arcilla roja. Además, para evitar la erosión, Early mandó colocar trozos de arrurruz a ambos lados de la base del dique, en unos grandes hoyos que se iban llenando con estiércol de vaca pulverizado. Le habían asegurado que, por mucho fertilizante que uno les echara, las raíces de esa enredadera desenfrenada no se quemaban nunca.

Early y Morris Avant hablaban a diario. Morris

señaló que la rapidez con la que avanzaba la construcción del dique era directamente proporcional al número de hombres que tuviera trabajando en él. Early hizo algunos cálculos, conversó un poco más con Morris Avant y sus capataces y finalmente se presentó ante el consejo municipal y preguntó si este autorizaría otra partida para la construcción de un segundo edificio que permitiera alojar a más trabajadores. El coste se vería compensado por los gastos que se ahorrarían con una finalización más temprana del proyecto. El consejo le dijo que hiciera lo que considerara oportuno, de modo que los hermanos Hines se pusieron manos a la obra al día siguiente.

Early ni siquiera tuvo que molestarse en salir a buscar trabajadores para llenar ese barracón: en todo el sur de Alabama, el sur de Mississippi y la región noroccidental de Florida se había corrido ya la voz de que en Perdido era posible obtener salario, alojamiento y comida. Así pues, cuando los hermanos Hines terminaron la segunda construcción, y después de contratar a otras dos mujeres de color para que ayudaran en las cocinas, pudieron alojar a todos los hombres que buscaban trabajo en el dique. Llegaban desde Dios sabía dónde: salían de repente del bosque, o aparecían en el pueblo montados en la trasera de un carro cargado de arcilla o incluso caminando por la carretera desde Atmore. Todos tenían apodos y ninguno parecía tener un pasado totalmente intachable.

Aquellos hombres trabajaban tan duro durante el día que parecía un milagro que, al ponerse el sol, tuvieran aún la energía suficiente para sentarse a comer en la cocina de los barracones. Pero comían vorazmente y parecían no conocer la palabra *cansancio*. Por la noche, incluso más que durante el día, Perdido parecía estar invadido por esos hombres. Los habitantes del pueblo adquirieron el hábito de cerrar sus puertas con llave. Los trabajadores del dique eran pendencieros y consumían grandes cantidades del licor elaborado en Little Turkey Creek. Dos muchachitas indias montadas en una mula llegaban cada día al pueblo cargadas con diez galones de licor, y cada mañana los vendían en los barracones antes de ir a la escuela, donde confiaban las ganancias a su maestro hasta el final de la jornada escolar. En Baptist Bottom, Lummie Purifoy abrió un local de juego donde su hija Ruel, de diez años, pasaba la noche sirviendo en tazas de latón un whisky barato que sabía a matarratas. Corría el rumor de que dos mujeres blancas habían llegado a Perdido procedentes de Pensacola, acompañadas por un hombre de color con un abrigo amarillo. Las mujeres, blancas y de la peor calaña, habrían alquilado una casa en Baptist Bottom y se decía que la puerta de la casa en cuestión se abría a cualquier hombre que llamara con un dólar de plata en el puño. Los tres policías de Perdido trataban de mantenerse alejados de los lugares que los trabajadores del dique frecuentaban por la noche: por mucho que llevaran pistola, no habrían podido hacer frente a ciento setenta y cinco pendencieros fornidos y borrachos. De hecho, era una suerte que aquellos hombres tuvieran el hábito de retirarse a su parte del pueblo por la noche. Solo de vez en cuando se veía a tres o cuatro tambaleándose por la calle Palafox, apoyados en el escaparate de alguna tienda, con los ojos cerrados por la borrachera. Y también de vez en cuando montaban un numerito entre el público del cine Ritz, con ruidos groseros y comentarios obscenos sobre la película. Muy de vez en cuando, algún hombre negro tenía que atrancar la puerta de su casa y suplicar para proteger la pureza de su hija, mientras esta se escabullía por la puerta trasera.

Pero los trabajadores blancos —tipos viles, desagradables y posiblemente peligrosos— eran un mal necesario. Volverían a marcharse al cabo de un año, más o menos, pero el dique que construían protegería el pueblo de Perdido por toda la eternidad.

Era el verano de 1923 y el olor a sudor de los trabajadores de los diques parecía impregnar el pueblo entero. Las tareas de construcción del dique de la orilla este del Perdido habían terminado ya. Habían construido unos escalones de hormigón a ambos lados del dique y se había abierto una pista de tierra en la parte superior. Aquella pista pronto se convirtió en el lugar de paseo preferido entre la población de color al salir de la iglesia dominical, y los niños de color jugaban allí todo el día. Desde las ventanas del ayuntamiento, el dique era un muro rojo que, cuando llovía, adquiría una tonalidad reluciente y se convertía en un rasgo dominante del paisaje.

Hacía poco habían empezado las obras justo detrás del ayuntamiento y faltaba ya poco para que pareciera que, por debajo de la confluencia, el Perdido fluía mansamente por un profundo barranco rojo. De hecho, el río parecía haber renunciado ya a gran parte de su antigua agresividad y arrogancia.

Los trabajadores estaban más cansados que antes con aquel calor constante, pero en lugar de amodorrarlos por la noche, el clima parecía empujarlos a beber más y a divertirse de forma más vehemente y ruidosa. Durante esas noches de verano, cuando el respetable pueblo de Perdido se sentaba en el porche a tomar el aire después de la cena, el jaleo que armaban los obreros al otro lado del río era un rugido lejano pero claramente audible, entre el que de vez en cuando podía distinguirse algún grito. En esos momentos, Perdido se columpiaba con gesto adusto, se abanicaba la cara y decía en voz baja: «Qué ganas tengo de que esos hombres se vayan por donde vinieron». Por si acaso, las armas de caza, que por lo general permanecían guardadas hasta la temporada del ciervo, estaban limpias y cargadas, apoyadas detrás de la puerta principal. El temor tácito en el pueblo era que tarde o temprano las dos mujeres blancas de Pensacola que, para escándalo de todos, se habían instalado en Baptist Bottom resultaran insuficientes para las «necesidades» de los trabajadores.

Una noche, en medio del calor (y mientras los habitantes del pueblo se columpiaban, agitaban sus abanicos y se preocupaban), el teléfono sonó en casa de Oscar Caskey a eso de las diez, una hora demasiado intempestiva como para que la llamada no fuera una emergencia. Oscar, que estaba sentado con Elinor en el porche del piso de arriba, como de costumbre, fue a contestar. Volvió al cabo de un momento y, un poco inquieto, dijo:

—Es Florida Benquith, parece preocupada.

Elinor se levantó y fue hasta el teléfono. Oscar se quedó cerca, escuchando la parte de la conversación correspondiente a su mujer. No se enteró de gran cosa, pues Florida era una mujer muy habladora y en aquella ocasión tenía aún más cosas que decir que normalmente.

—Escucha, Elinor —comenzó esta sin preámbulos—, siento llamarte así, pero he pensado que debías saber lo que ha pasado... O, por lo menos, lo que creemos que ha pasado, porque aún no estamos seguros. Acabo de enviar a Leo para allá...

—¿Hablas de Queenie? —preguntó Elinor con calma.

—¡Pues claro que hablo de Queenie! Estaba yo en la cocina, guardando los platos con la ventana abierta para que entrara un poco de aire cuando, de repente, oigo una discusión procedente de la casa de Queenie. Y no era que Queenie estuviera abroncando a esos hijos que tiene: lo que oigo son las voces de Queenie y de un hombre, y lo único que puedo hacer es pensar con quién estará discutiendo. Así que apago la luz y salgo al porche trasero, para que no me vean; no quería que pensaran que estaba espiando y, de todos modos, no estaba espiando, solo quería asegurarme de que Queenie estaba bien. Sigo escuchando, pero no entiendo nada de lo que dicen, aunque siguen discutiendo. Y de pronto oigo a Queenie gritar: «¡No!», y luego nada más. Y si te digo la verdad, Elinor, he empezado a preocuparme.

—¿Y qué has hecho? —preguntó Elinor.

—He corrido a buscar a Leo. Estaba en el salón, leyendo. Lo saco al porche y le digo lo que está pasando, y nos quedamos los dos escuchando, pero no logramos oír gran cosa. No oímos nada en absoluto, de hecho, y le cuento lo que acabo de oír y me dice: «Será James Caskey, que le estará diciendo a Queenie que ha gastado demasiado dinero en la tienda de Berta. Seguro que ha sido eso». A lo que yo contesto: «Si el que está de visita es James Caskey, ¿por qué están todas las luces apagadas?». Y él no sabe qué decirme, así que nos quedamos allí, a oscuras, y entonces le digo: «Leo, a lo mejor debería llamar y asegurarme de que todo está bien», y Leo dice: «Buena idea», y ya estoy a punto de entrar y coger el teléfono cuando Leo me susurra: «Un momento». Así que me detengo y miro a través del patio, y hay alguien saliendo por la puerta trasera de la casa de Queenie, un hombre.

—¿Qué hombre? —preguntó Elinor.

—Pues esa es la cosa: no tenemos ni idea de qué hombre. Pero, Elinor, tanto Leo como yo estamos casi seguros de que era uno de los hombres del dique. Se ha escabullido por delante de la casa, ha echado un vistazo alrededor y se ha ido como un rayo. Pero sabía que era un hombre del dique, simplemente lo sabía, y estaba convencida de que le había pasado algo a Queenie, de modo que he enviado a Leo para allá. Le he dicho que ni siquiera llamara, que entrara directamente, y eso ha hecho. Así que ahora está allí. Yo voy a ir en cuanto cuelgue y, Elinor, creo que es mejor que vengas tú también.

Florida colgó, y entonces Elinor se volvió hacia su marido y le dijo:

—Bueno, Oscar, parece que uno de los trabajadores de tu dique acaba de violar a Queenie Strickland.

Queenie estaba sentada en el borde de la cama, llorando en la habitación a oscuras. Se había puesto una falda, pero no se había molestado en abrocharla. Tenía la ropa interior sucia y rota, y llevaba una chaqueta de andar por casa sobre los hombros magullados. Florida había preparado un poco del té ruso especial de Elinor y se lo había llevado, pero la taza estaba intacta en la mesita de noche.

—Elinor, tienes que hablar con ella —dijo Florida cuando llegaron Elinor y Oscar—. No ha dejado que llamemos al señor Wiggins.

Aubrey Wiggins era el jefe de la policía de Perdido.

Leo Benquith entró en el dormitorio procedente de la cocina.

—¿Está bien, doctor Benquith? —preguntó Elinor, pero el doctor Benquith negó con la cabeza.

—Elinor, lo que ha pasado aquí esta noche...

—Tranquila, tranquila —dijo Elinor con voz sosegada, al tiempo se sentaba en la cama y le pasaba un brazo por los hombros a Queenie.

Oscar contemplaba la escena de pie, sin saber qué hacer.

—Queenie, ¿tenías la puerta cerrada? —atinó a preguntar, pero Queenie no prestaba atención a nadie y seguía sollozando convulsivamente.

—¿Dónde están los niños? —preguntó Oscar.

—Ya estaban durmiendo y no se han enterado de nada, gracias a Dios —dijo Florida—. Los he mandado a mi casa. Están bien.

—No les habéis contado lo que ha pasado, ¿verdad? —preguntó Elinor de pronto.

—¡Claro que no! —respondió Florida—. Pero tenemos que hacer algo. El hombre del dique entró en casa y... —No terminó la frase por consideración a Queenie, pero siguió hablando como si lo hubiera hecho—. Por eso tenemos que llamar al señor Wiggins.

Queenie alargó el brazo y apretó la mano de Elinor con gesto patético, como diciendo: «No...».

—No —dijo Elinor—. No llames al señor Wiggins. No vamos a decir nada. Y una cosa más, Florida —añadió Elinor, volviéndose hacia la mujer y mirándola a los ojos—. No debes contar nada de esto a nadie, ¿me oyes?

—Elinor... —empezó a decir Oscar, pero Leo Benquith lo interrumpió.

—Podría pasarles lo mismo a otras mujeres, Elinor. Tenemos que encontrar al hombre que lo ha hecho y colgarlo del árbol más cercano. O comprarle un billete y meterlo en el próximo Humming Bird, o algo así. Queenie, ¿crees que podrías reconocer al hombre que ha estado aquí esta noche?

Queenie respiró con dificultad y contuvo el aliento. Entonces miró alrededor de la habitación con ojos cansados y por un momento sostuvo la mirada de cada uno de los presentes. Se tragó otro sollozo y, en voz baja, contestó:

—Sí. Conozco al hombre que lo ha hecho.

—Bien —dijo Leo Benquith—. Entonces debemos llevar a Wiggins a los barracones ahora mismo y llevar a ese hombre a rastras a la cárcel. En cuanto vuelva a sentirse con...

—¡No! —gritó Queenie.

Hubo un momento de silencio y finalmente Elinor preguntó:

—¿Quién ha sido, Queenie?

Queenie se quedó muy quieta y trató de controlar sus temblores. Entonces cerró los ojos.

—Carl —dijo—. Ha sido él. Mi marido.

Así pues, no había nada que hacer. Leo y Florida Benquith se fueron a casa. No había peligro de que el médico dijera nada; después de todo, los médicos guardan muchas confidencias. Y tanto él como Elinor le hicieron jurar a Florida que no le contaría nada a nadie. Malcolm y Lucille se quedaron con los Benquith, y Elinor y Oscar se llevaron a Queenie a su casa. Entraron sin hacer ruido, con la esperanza de eludir las miradas de Mary-Love desde la casa vecina.

En el cuarto de baño, Elinor le quitó la ropa a Queenie y la metió en la bañera llena de agua caliente y sales aromáticas. Queenie se quedó inmóvil mientras Elinor la lavaba. Esa noche, Queenie y Elinor durmieron juntas en la gran cama del dormitorio principal.

A la mañana siguiente, mientras Queenie empujaba sin ganas su desayuno por el plato con el tenedor, Elinor se sentó junto a la ventana y se dedicó a cortar la ropa que Queenie llevaba la noche anterior.

Acto seguido, y ante la mirada de Queenie, arrojó todos los jirones en el horno de Roxie.

De un modo u otro, Carl Strickland había encontrado a Queenie. No debía de haberle costado mucho, ya que los Snyder (la familia de Queenie) estaban casi todos muertos, y los que no lo estaban eran muy pobres. Lo más lógico era buscar a Queenie en Perdido, donde vivía su cuñado, el adinerado propietario de un aserradero y de unos terrenos forestales tan vastos que podían albergar los nidos de un millón de pájaros. Arruinado, indigente y despojado de la escasa honra que le había proporcionado su esposa, Carl partió de Nashville cuando le ofrecieron un empleo en el dique. Lo aceptó, trabajó parte de un día y esa misma noche descubrió el paradero de su esposa. Entró en la casa y le exigió dinero y una manutención. Cuando ella se lo negó, se enfrentó a ella, la golpeó, la violó y se escabulló en la oscuridad.

A primera hora, Oscar se dirigió a una obra cercana al ayuntamiento donde sabía que destinaban a los trabajadores con menos experiencia, y no le costó nada encontrar a Carl, que estaba ayudando a voltear una carreta de arcilla con gesto malhumorado. Era un tipo alto y delgado, con un rostro áspero que concentraba en cada arruga toda la repulsión que le provocaba el mundo.

—Usted es Carl Strickland —dijo Oscar—. Creo que lo conocí en el funeral de Genevieve.

Su tono de voz relajado hizo sonreír a Carl. Sabía que todos los familiares de Queenie eran ricos y, por lo que fuera, estaba convencido de que tarde o temprano iban a ayudarlo.

—Así es. Yo también lo recuerdo; usted es el señor Caskey, el sobrino de James, ¿verdad? Genevieve debió de tenerlo muy fácil, viviendo con un hombre así. ¿Tiene usted tanto dinero como él?

Oscar sonrió, miró con curiosidad el trabajo que se desarrollaba a su alrededor, bajó la mirada y luego la volvió a fijar en Carl.

—Señor Strickland —dijo—, he venido a comunicarle algo...

—¿Qué?

—Será mejor que haga el equipaje y se suba a la trasera del próximo transporte que salga del pueblo.

La sonrisa de Carl y sus expectativas se desvanecieron tan rápido como habían aparecido. No dijo nada, pero sus ojos reflejaron una mirada desagradable.

—Señor Strickland —prosiguió Oscar tras una pausa—, tengo entendido que anoche fue a visitar a su esposa.

—Así es —dijo Carl por toda respuesta.

—Queenie se quejó de esa visita. Creo que Queenie estaría encantada de que no volviera a llamar a su puerta. Creo que sería mejor para todos que dejara este trabajo. Es un trabajo muy duro, señor Strickland, y hace un sol de justicia —añadió Oscar, contemplando el cielo de la mañana con los ojos entrecerrados—. Deje este trabajo, señor Strickland, y váyase a un lugar más fresco... Y a ser posible, lejos.

—No puedo permitírmelo —respondió Carl Strickland—. No puedo permitirme ir a ninguna parte. Además, Queenie es mi esposa. Tengo derecho a estar en este pueblo. Tengo derecho a conservar este trabajo. No puede venir aquí y decir...

—Señor Strickland, ha sido relevado de su puesto en este dique. No hay nada que lo retenga aquí en Perdido. —Oscar se sacó un sobre del bolsillo—. Teniendo en cuenta su larga contribución al pueblo y a la construcción del dique, y los grandes beneficios que se han derivado de su trabajo, señor Strickland, el municipio de Perdido ha decidido hacerle entrega de setenta y cinco dólares en moneda estadounidense. —Oscar metió el sobre en el bolsillo de la camisa de Carl—. Dentro del sobre encontrará también un horario de los trenes que parten hacia el norte desde la estación de Atmore, y otro de los trenes que van al sur; el municipio no estaba seguro de qué dirección querría tomar usted esta tarde, señor Strickland.

—No voy a ir a ninguna parte.

Oscar se volvió y miró el coche en el que había llegado. Como si se tratara de una señal, un segundo hombre, que había estado esperando sentado en el interior, abanicándose con el ala de su sombrero,

12

Queenie y James

Todo Perdido se enteró de lo que le había pasado a Queenie Strickland, aunque los implicados en el incidente juraron haber guardado silencio. Todos sospechaban que era Florida Benquith quien se había ido de la lengua, pero esta nunca admitió su indiscreción. Por suerte, y para la tranquilidad de Queenie, el asunto quedó zanjado tras unos días de intensos cotilleos, ya que Queenie se negó a hablar de la desagradable experiencia o incluso a reconocer para sí misma lo sucedido. Sin embargo, el interés por el asunto rebrotó al cabo de tres o cuatro meses, ya que la propensión de Queenie Strickland a la redondez pareció aumentar notablemente.

De nada le sirvió a Queenie negar su embarazo, ni que la concepción hubiera sido totalmente involuntaria. La noticia pronto fue tan de dominio público como si hubiera aparecido en primera plana del *Perdido Standard*, con una fotografía de Queenie y sus dos hijos bajo el titular: «No hay dos sin tres».

Mary-Love se moría de vergüenza. Aquella situación suponía un buen golpe para el nombre de los Caskey, ya que, a ojos del pueblo, Queenie se encontraba bajo la protección de la familia. Que una mujer emparentada con ella diera a luz a un hijo engendrado por cópula involuntaria con un trabajador del dique (por mucho que estuviera casada con él) era una vergüenza para toda la familia. Mary-Love —que de ningún modo pensaba hablar con Queenie— afirmaba que deberían atar a aquella mujer a la cama mientras durara el embarazo y se estremecía cada vez que oía que alguien había visto a Queenie por la calle.

—¡Esa mujer saca su vergüenza, y la nuestra, de paseo!

James Caskey también estaba afectado por la noticia. Imaginaba (acertadamente) que Mary-Love lo culpaba de aquella desgracia: en primer lugar por haberse casado con Genevieve Snyder, lo cual había llevado a Queenie al pueblo, lo cual, a su vez, había atraído al facineroso de Carl... y así sucesivamente. La desafortunada situación que ahora aquejaba a Queenie hizo que James se preguntara por el pasado de su cuñada. De los siete años que James había estado casado con Genevieve Snyder, esta había pasado por lo menos cinco en Nashville con su hermana. James había coincidido con Queenie en varias ocasiones, desde luego, y una vez incluso había visitado su casa de Nashville para que Genevieve firmara una serie de documentos importantes. Sabía que Queenie estaba casada con un hombre llamado Carl Strickland; James lo había visto una sola vez, y le había parecido un tipo huraño y primitivo, pero por lo menos vestía de forma respetable y no parecía necesariamente violento. Pero resulta que ese mismo hombre había entrado a trabajar como obrero en el dique, desaliñado y vestido con harapos y, para colmo, había violado a su esposa. James lo sentía mucho por Queenie, pero no podía dejar de preguntarse cómo era posible que Genevieve hubiera pasado cinco años viviendo en la misma casa que aquel hombre tan horrible. Genevieve nunca había sido una mujer agradable, era cierto, pero siempre había sido educada. En este sentido le sacaba ventaja a Queenie, y a James le costaba mucho comprender que su esposa hubiera consentido en convivir con un cuñado capaz de descender al nivel de un trabajador migrante. La imagen que James se había formado de Genevieve, viviendo tranquila y decorosamente con su hermana y su cuñado en su casita de madera blanca de Nashville, era errónea. Y si se había equivocado en esto, ¿no podría haberse equivocado también en otras cosas? Fue aquella duda repentina acerca del pasado de su esposa lo que una tarde de noviembre lo empujó a ir a casa de Elinor para preguntarle qué sabía de la época en que Queenie y Carl habían vivido juntos en Nashville.

—No sé nada de eso —respondió Elinor.

—Queenie te quiere —dijo James—. Si se lo hubiera contado a alguien, habría sido a ti.

—Pues entonces no se lo ha contado a nadie. De todos modos no entiendo tu interés, James —replicó Elinor en tono cortante—. Bastantes problemas ha tenido ya Queenie. De hecho, sus problemas aún no han terminado.

—¡¿Ese hombre va a volver?!

—No, no —respondió Elinor enseguida—. Oscar le pegaría un tiro. O tal vez la propia Queenie. O yo. Pero va a dar a luz al hijo de ese hombre.

—Bueno, por lo menos va a ser un hijo legítimo...

—La violó, James. No será un niño feliz. A ver, ¿a qué viene ese interés por Queenie y Carl?

James le explicó por qué estaba inquieto, y eso pareció apaciguar a Elinor.

—De acuerdo, entiendo. Pero yo no sé nada sobre su vida en común, es la verdad. ¿Por qué no le preguntas a Queenie? Ella te lo dirá, solo tienes que contárselo todo.

James tuvo que reconocer a regañadientes que probablemente aquella era la única forma de satisfacer su curiosidad, aunque temía entrometerse en los asuntos de su cuñada. Cuando se enteró de su situación, James había ido a todas las tiendas del pueblo para levantar los límites que había impuesto a los gastos de Queenie. No había hablado con ella, y Queenie no se había aprovechado de su generosidad, por lo que sospechaba que aún no se había enterado de aquel pequeño gesto de solidaridad.

Telefoneó a Queenie desde casa de Elinor y, con el jovial arrullo que su voz adoptaba siempre que hablaba por teléfono, dijo:

—Hola, Queenie, soy James. Oye, estoy en casa de Elinor y me ha dicho que no tienes planes esta tarde. ¿Quieres venir a mi casa y charlamos un rato? ¡Ha pasado tanto tiempo! No, trae a Lucille y a Malcolm a casa de Elinor y que jueguen tranquilos con Zaddie. ¡Yo también le dejaré a Grace para que tú y yo podamos hablar a solas!

Después de colgar, dijo en tono de disculpa:

—Elinor, acabo de llenarte la casa de niños durante toda la tarde...

—No pasa nada, James. Puede que monten alboroto en otros sitios, pero aquí esos niños siempre juegan tranquilos. No sé por qué, pero es así.

—¿Y no van a molestar a Frances?

Elinor se rio.

—No te preocupes, no se atreven a subir al primer piso. Dicen que la casa les da miedo, que hay fantasmas y cosas en el armario, y eso que es prácticamente la casa más nueva del pueblo.

James miró a su alrededor, un poco incómodo, volvió a darle las gracias a Elinor y se marchó.

Hacía un tiempo que James no veía a Queenie, y la principal diferencia que apreció en ella no fue tanto el volumen de su vientre como su confusa serenidad. Era como si hubiera recibido un escarmiento severo sin saber qué pecado había cometido. James la contempló a través de los ojos de Mary-Love, algo a lo que estaba bastante habituado, pues consideraba a Mary-Love la principal fuente de arbitraje en cuestiones de moralidad. Desde esa perspectiva, Queenie le pareció un poco más respetable. Se sentaron en el salón de James: él en una mecedora, Queenie en la esquina del sofá azul de Elvennia Caskey. En un primer momento, Queenie no se atrevía a mirar a James a los ojos, y se dedicaba a frotar la lanilla del tapizado de terciopelo, primero hacia un lado y luego hacia el otro, concentrando toda su atención en esa acción.

—James —dijo—, me siento muy culpable por no haber venido a darte las gracias en cuanto me enteré...

—¿De qué te has enterado, Queenie? —preguntó él—. Y me alegro de volver a verte —añadió como entre paréntesis.

—Sí, yo también me alegro de verte. Me enteré de lo de mis cuentas en el pueblo. Berta Hamilton me mostró todo el género que tenía en la tienda y me dijo que podía llevarme lo que quisiera. Y en el resto de los establecimientos también. James, el señor Gully puso a mi disposición una flota de automóviles que habrían hecho morder el polvo al mismísimo káiser.

—Queenie, si quieres hacer morder el polvo al káiser, ¡te compro esos automóviles!

Queenie se rio, pero su carcajada se desvaneció enseguida.

—James Caskey —dijo, levantando la vista y mirándolo a los ojos por primera vez—, el día que llegué a Perdido creía que iba a ser feliz. Creía que iba a ser feliz durante el resto de mi vida.

—Nadie es feliz durante el resto de su vida, Queenie.

Ella negó con la cabeza.

—Supongo que no. James Caskey, ¿qué quieres decirme? ¿Por qué me has llamado de forma inesperada?

—Quería preguntarte algo.

—¿Qué quieres preguntarme?

James torció la boca e hizo una pausa.

—Quería preguntarte por Carl, supongo.

—Creía que todos lo sabían ya.

—¿Qué es lo que saben?

—Que el bebé es de Carl Strickland —dijo Queenie, acariciándose el vientre.

—Por supuesto que el bebé es de Carl —contestó James—. Carl es tu marido. ¿De quién iba a ser, si no? Queenie, quiero que me hables de ti y de Carl cuando vivíais en Nashville. Por eso te he pedido que vengas.

—¿Qué quieres saber?

James se encogió de hombros; no sabía cómo expresar educadamente lo que quería preguntar.

—James —dijo Queenie al cabo de unos instantes—, Carl Strickland no estaba muy presente.

—Ah, ¿no?

—¿Es eso lo que querías saber? Carl Strickland bebe, Carl Strickland hace muchas cosas, Carl Strickland no tiene unos hábitos lo que se dice agradables. Y, gracias a Dios, pasaba fuera la mayor parte del tiempo. ¿Cómo crees que habrían salido Lucille y Malcolm si hubiera dejado que su papá los criara y les hablara todo el tiempo? Y sí, ya sé cómo son mis hijos; sé que nunca serán bienvenidos en esta casa hasta que sean capaces de entrar en una habitación y no tirarlo todo al suelo, pero lo he hecho lo mejor que he podido...

—Queenie...

—¡Ay! —exclamó Queenie con una exhalación a medio camino entre un chillido y un suspiro—. ¡Genevieve no soportaba a Carl! No soportaba estar cerca de él, y él no la soportaba a ella. Cuando mi hermana subía a verme, él se iba. Así que cuando yo no aguantaba ni un minuto más con Carl Strickland, llamaba a Genevieve y le decía: «Genevieve Snyder, ven aquí mañana por la mañana». Quiero pedirte disculpas, James. Quiero pedirte disculpas por haber alejado a tu esposa de ti, porque eso es lo que hice.

Queenie no parecía exactamente a punto de llorar, pero empezó una vez más a alisar y a erizar la lanilla de la tapicería.

—No pasa nada, Queenie. Me alegro de que me lo hayas contado.

Aquello le hizo reconsiderar la imagen que tenía de su difunta esposa, al darse cuenta de que los había abandonado, a él y a su hija, por razones parcialmente desinteresadas. Sus incertidumbres también habían quedado resueltas, aunque le quedaba aún una brizna de curiosidad.

—Queenie —dijo—, y cuando Carl se marchaba, ¿adónde iba?

—No lo sé —respondió Queenie—. Nunca se lo pregunté. Pero no podía ir muy lejos, porque en cuanto Genevieve salía por la puerta con la maleta, él estaba de vuelta. A lo mejor vivía en la casa de enfrente y nos observaba por la ventana. Sería capaz.

—¿Y a qué se dedicaba?

—Trabajaba para la compañía eléctrica. Despejando terrenos. —Queenie dejó de juguetear con la lanilla del sofá y volvió a mirar a James a los ojos—. James, te has portado bien conmigo. Y aquí estoy yo, sentada en tu sofá, mintiéndote. No, no estoy mintiendo, exactamente; pero sí estoy haciendo que las cosas suenen mejor de lo que eran en realidad. Carl Strickland no es bueno. No era bueno el día que me casé con él, ni tampoco cuando apareció en este pueblo, y no fue bueno ninguno de los días entre medias. Trabajaba para la compañía eléctrica, sí, pero lo despidieron cuando descubrieron que robaba cosas; aunque ni siquiera sé qué tipo de cosas. Y estuvo en la cárcel dos veces: una vez por golpear a un hombre y otra por pegarle un corte en el brazo a una mujer con una navaja de afeitar. Entonces fue cuando Genevieve vino en quedarse conmigo, cuando metieron a Carl a la cárcel, porque yo tenía miedo a estar sola y, además, no tenía dinero. Y así es como vivimos Malcolm, Lucille y yo, con el dinero que le enviabas a Genevieve cada mes. Y cuando soltaban a Carl de la cárcel, Genevieve volvía aquí para quedarse contigo.

»James, vivir con Genevieve no era fácil, ya lo sé, pero es que no conociste a nuestro padre. Nuestro padre le pegaba, James. Un día le disparó con una pistola, y si yo no le hubiera lanzado una bandeja contra la mano, la bala le habría atravesado la cabeza. A papá lo mataron en el bosque, ni siquiera sé cómo, y creo que prefiero no saberlo. Genevieve y yo nos quedamos solas. Pony ya estaba viviendo en Oklahoma. De modo que cuidábamos la una de la otra. Genevieve fue a la escuela y yo me puse a trabajar. Cuando Genevieve necesitaba ayuda, yo la ayudaba; y cuando yo necesitaba ayuda, ella me ayudaba a mí. Ninguna de las dos ganamos nunca ningún premio por nada, pero ella era buena conmigo y yo con ella. Cuando abrí ese telegrama y me enteré de que había muerto, fue como si me hubieran arrancado un brazo. James Caskey, has sido tan bueno conmigo sin tener por qué, que he pensado que debías saber todo esto. No lo sabe nadie más, ni siquiera Elinor. Supongo que te agradecería que no lo contaras.

James permaneció un rato en silencio, aunque era evidente que estaba muy emocionado. Finalmente se levantó y empezó a caminar de un lado a otro por detrás del sofá, donde Queenie seguía sentada, alisando y alborotando una vez más la lanilla de la tapicería azul.

—Queenie, ¿no hay nada que pueda hacer por ti? ¿No hay algo que quieras y que pueda comprarte? Sabes que siempre voy a cuidar de ti y de Lucille y de Malcolm, ¿verdad?

—Mientras no entren aquí y lo rompan todo, ¿quieres decir? —bromeó Queenie, con una risita que recordaba su antigua forma de ser, antes de que se le hubieran acumulado los problemas—. James Caskey, no quiero nada. No, espera, sí hay una cosa, solo una...

—¿De qué se trata?

Queenie se levantó y se alisó el vestido. Entonces se giró, se colocó frente a James y lo miró muy seria.

—Un día quiero que me mandes un telegrama. El chico se acercará a la puerta y dirá: «Señora Strickland, traigo un telegrama para usted», y yo le daré un dólar de plata y me sentaré en el porche, abriré el telegrama y leeré: «Querida Queenie, acabo de enterrar a Carl Strickland seis metros bajo tierra, en un ataúd de mármol con cerraduras de combinación». Eso es lo único que puedes hacer por mí. Puedes enviarme ese telegrama.

13

La piedra angular

Por interesantes que fueran, a largo plazo los problemas de Queenie no tenían nada que hacer ante la insaciable fascinación por el dique. La obra seguía a buen ritmo y con muchos menos contratiempos que los que surgían en los breves tramos de los ríos Perdido y Blackwater a su paso por los límites del pueblo. La asamblea legislativa había aprobado la emisión de bonos, estos se habían vendido y el dinero reunido se había depositado en el banco de Perdido. Al sur de la confluencia, el dique estaba ya terminado a ambos lados del río y los habitantes del pueblo se alegraron al pensar que si al día siguiente hubiera habido una crecida de las aguas, estas habrían destruido tan solo los dos aserraderos y las majestuosas casas de los Caskey, los Turk y los DeBordenave. Todo lo demás —el ayuntamiento, el centro del pueblo, las casas de los trabajadores, Baptist Bottom, las casas de los comerciantes y de los profesionales, e incluso los barracones y la cocina de los trabajadores de los diques— no se mojaría más que por efecto de la lluvia. Justo antes de la Navidad de 1923 se depositaron las primeras cargas de tierra a orillas de la confluencia y el segundo dique empezó a avanzar hacia el noreste, a lo largo del río Blackwater y hacia el pantano de cipreses, para poner a salvo los aserraderos de los Caskey, los Turk y los De-Bordenave, cuya prosperidad había hecho posible la construcción de los diques.

Aunque los diques no fueran más que enormes brazos de arcilla roja compactada, Perdido se había acostumbrado ya tanto a su presencia que, en realidad, ya no les parecían tan feos. Las rosas, el cornejo, el acebo, la zarzaparrilla y sobre todo el arrurruz habían echado raíces, y cada día la tierra se veía más verde y menos roja, por lo menos en las laderas que daban al pueblo. El estrecho camino que recorría la parte superior del dique de la orilla occidental del Perdido se había convertido en el paseo favorito de la población blanca al salir de la iglesia, y las amas saludaban a sus doncellas, que se divertían en la otra orilla del río vestidas con sus mejores galas. Desde allí, algunos exclamaban con vehemencia: «¡Dios, me estoy acostumbrando tanto a ver el dique que ya casi se me ha olvidado de que está ahí!». Otros comentaban: «¡Este paisaje siempre fue tan soso que no sé cómo no se nos ocurrió antes!», o: «El dique compensará cada centavo que hemos pagado por él, aunque solo sea porque nuestros hijos no tendrán que saber nunca lo que es sufrir una inundación».

El dique a lo largo del Blackwater pronto estuvo completado. Terminaba cien metros más arriba del aserradero de los Turk, formando una empinada rampa que descendía hasta un montículo donde había un cementerio indio. La rampa se convirtió en el lugar preferido de los chicos de Perdido (con Malcolm Strickland a la cabeza), que iban en bicicleta por la parte superior del dique desde los barracones de los trabajadores, pasaban junto a Baptist Bottom, tomaban la curva del dique en la confluencia y dejaban atrás los aserraderos hasta llegar otra vez al bosque de pinos, con los ríos a mano izquierda y el pueblo a la derecha. Los muchachos se preguntaban si alguna vez estarían más cerca del cielo y estaban convencidos de que ni las Montañas Rocosas podían ser más altas que los diques de su pueblo. Al final soltaban el manillar de la bicicleta, levantaban los brazos y descendían por la rampa que cruzaba la parte superior del cementerio indio. Al llegar al final, volvían a agarrar el manillar y frenaban en el último momento, justo antes de caer en la espesura de zarzas, botellas rotas y otros detritos de las obras del otro lado del montículo.

El dique que recorría el Blackwater se había terminado muy deprisa y ya solo quedaba el dique a lo largo de curso superior del Perdido, que no protegería más que las casas de los propietarios de los aserraderos. Hasta el momento, Early Haskew y Morris Avant habían hecho maravillas con la construcción y, de hecho, estaban por debajo del presupuesto.

Los trabajos continuaron de forma ininterrumpida en la zona de matorrales que había entre la casa de los Turk y el ayuntamiento. Los trabajadores se pusieron manos a la obra, pues el final del proyecto parecía estar ya a la vuelta de la esquina. Pero, curiosamente, ahí fue cuando el progreso empezó a ralentizarse. Early Haskew no entendía por qué. A lo mejor la orilla en aquella sección del Perdido era más inestable, pero cada noche la corriente se llevaba la mitad de la arcilla que habían amontonado durante el día, sin más consecuencias que un tono ligeramente más rojo en las aguas del Perdido, que de por sí ya lo eran bastante. Casi parecía como si las otras partes del dique se hubieran construido solas. ¡El trabajo había sido tan fácil!, o eso, por lo menos, era lo que parecía en comparación con aquella obstinación final. No lograban avanzar. Todos los días llegaban toneladas y toneladas de arcilla, grava y tierra, que se amontonaban y se apilaban en la orilla, pero la mitad de lo construido se erosionaba durante la noche.

Early estaba frustrado y Morris Avant se pasaba el día soltando maldiciones. Los trabajadores del dique estaban inquietos y ansiosos, y actuaban como si el asunto tuviera más de sobrenatural que de geológico. Algunos hombres dijeron que habían oído hablar de que estaban dragando un lago en Valdosta y que la paga para los peones era más alta allí, por lo que abandonaron Perdido con el poco dinero que habían conseguido ahorrar. Algunos se fueron efectivamente a Valdosta, pero había otros que, al parecer, solo habían querido largarse de Perdido. De repente, los hombres negros empleados en el dique mostraron una necesidad imperiosa de remodelar los techos de sus casas de Baptist Bottom. Otros declararon tener problemas de espalda o haber perdido temporalmente el control de sus brazos: algunos del derecho, otros del izquierdo. Así, al tiempo que la tarea se duplicaba en dificultad, la mano de obra disponible para Early quedó reducida a la mitad. A veces parecía como si el dique que debía alzarse detrás de las mansiones de los propietarios de los aserraderos no fuera a terminarse nunca.

—No sé si llegarán hasta aquí algún día, la verdad —le dijo una tarde Oscar a su mujer, estudiando el límite aún lejano de la construcción del dique desde detrás de la mampara del porche de su casa.

—No, no llegarán —sentenció Elinor.

—¿Por qué dices eso?

—El río no va a dejar que terminen —explicó Elinor, aunque para Oscar aquello no era ninguna explicación.

—Sigo sin entender lo que quieres decir, Elinor.

—Quiero decir que el Perdido no va a permitir que se termine el dique.

Oscar se quedó perplejo.

—¿Por qué no? —preguntó, como si se tratara de una pregunta sensata.

—Oscar, sabes que me encanta el río...

—Sí, me consta.

—Bueno, pues antes este pueblo pertenecía al río. Ahora los diques se lo están arrebatando y el Perdido no ha recibido nada a cambio.

—¿Propones que la gente del pueblo se acerque a la orilla y arroje fajos de dinero, o qué?

—En Huntingdon tomé una clase sobre civilizaciones antiguas, y lo que solían hacer cuando construían algo realmente grande, como un templo, un acueducto, la sede del senado o algo así, era sacrificar a alguien y enterrarlo en una esquina. Arrancaban los brazos y las piernas de la persona en cuestión mientras aún estaba viva, amontonaban todos los miembros y luego los cubrían con piedras, ladrillos o el material que estuvieran usando. La sangre servía para compactar la argamasa, pensaban todos. Y también era su forma de dedicar la construcción a los dioses.

—Bueno... —dijo Oscar, un poco incómodo—. James va a organizar una ceremonia de inauguración cuando el dique esté finalmente terminado, pero no creo que esté planeando nada en ese sentido. ¿Se te ocurre alguna otra forma de compensar al río?

Elinor se encogió de hombros.

—Créeme que he estado devanándome los sesos tratando de encontrar alguna.

Unos días más tarde, Queenie Strickland dio a luz a un niño. El bebé no habría vivido si Roxie —que asistió al parto junto a Elinor y Mary-Love— no le hubiera desenroscado el cordón umbilical de alrededor del cuello, pues el pequeño se estaba ahogando. Esa misma noche, Queenie Strickland se despertó sudando de una pesadilla en la que su marido Carl iba de un lado a otro en el porche delantero, buscando una forma de entrar en la casa. Queenie abrazó con fuerza a su hijo dormido contra el pecho, con la esperanza de calmar los fuertes latidos de su propio corazón. Oscar había dejado una escopeta cargada en un rincón de la habitación y el sheriff había prometido colgar a su marido si volvía a dejarse ver por el pueblo, pero Queenie sabía que una noche oiría sus pisadas en el porche y que serían reales.

Esa misma noche, en el preciso instante en que Queenie Strickland despertaba de su pesadilla y abrazaba a su hijo recién nacido, John Robert De-Bordenave se despertó también. La habitación en penumbra y la noche exterior no eran acaso más oscuras que el interior de la mente de John Robert, que, de hecho, apenas percibía diferencia alguna entre los estados de vigilia y de sueño. El pobre John Robert tenía ahora trece años y ese mismo otoño iba a pasar a cuarto, aunque estaba tan poco preparado para ese curso como para que lo nombraran subsecretario de Interior a cargo de los proyectos hidráulicos. Grace Caskey y muchos otros niños del pueblo lo ignoraban, y cuanto más solo se iba quedando John Robert, más triste se ponía. Ya no le bastaba con que le hicieran cosquillas una vez al día mientras le hurgaban en los bolsillos en busca de caramelos; no le bastaba con observar los misteriosos juegos de sus compañeros desde la esquina del edificio, donde se frotaba incesantemente la espalda contra los ásperos ladrillos, como ejercicio sensorial. Ahora su hermana Elizabeth Ann también lo ignoraba y parecía avergonzarse ante su presencia. Su madre y su padre le sonreían, lo abrazaban y lo estrechaban con cariño por los hombros, pero nada de eso era ya suficiente para John Robert, que aunque sabía que quería algo más de la vida, no tenía idea de qué podría ser.

«Más caramelos». El pensamiento surgió de algún rincón oscuro de la mente abotargada de John Robert.

«Más caramelos» no era la respuesta, pero el cerebro atrofiado de John Robert no daba para más.

Un rayo de luz de la luna poniente se proyectó de repente sobre el suelo de la habitación de John Robert. Este se levantó de la cama y se acercó al punto de luz. Colocó el pie bajo la luz, entonces se arrodilló y colocó la mano. Estando en esa posición, levantó la mirada y vio la luna por la ventana. Era una luna menguante y gibosa, pero John Robert sabía tan poco sobre los cambios periódicos en la forma de la luna como sabía la luna sobre el vago deseo de John Robert de que le dieran más caramelos. John Robert se acercó a la ventana y contempló el césped de la parte trasera de la casa. El dique, a pesar de todos los problemas, seguía avanzando inexorablemente, y la mayor parte de la obra tenía lugar ahora en la parte trasera de la propiedad de los DeBordenave, y apenas había comenzado en la de los Caskey, de modo que su enorme silueta negra se alzaba directamente ante él y a mano derecha. De vez en cuando, una mancha de pintura alrededor del mango de una pala, o tal vez el metal de la propia pala, que los trabajadores habían dejado allí, brillaban bajo la luz de la luna. A la izquierda de la construcción John Robert entrevió el Perdido y una raja de luna reflejada, temblando en su superficie negra. La casa de James Caskey, que brillaba con un destello blanco azulado bajo la fría luz, se alzaba cuadrada e imperturbable en la parcela de arena que empezaba allí donde el césped de los De-Bordenave cesaba abruptamente. Y allí, en ese patio de arena, estaban los robles que tanto le gustaban a John Robert; en particular dos de ellos, que alcanzaba a ver si se asomaba lo suficiente. Separados por unos cuatro pies, los árboles crecían rectos hacia el cielo. Unos años antes, Bray Sugarwhite había clavado una tabla entre ellos para formar un pequeño banco, y John Robert había visto con asombro cómo la corteza de los robles crecía alrededor de los extremos de la tabla, rodeándola y sujetándola, como si los árboles se rieran de los clavos de Bray y se dijeran unos a otros: «Le vamos a enseñar a Bray cómo se hace». Sentado en esa tabla un día tras otro, John Robert —que entraba en la casa solo para comer— había observado el progreso del dique a medida que este iba avanzando por la orilla del río hacia donde estaba él. Ahora se asomó a la ventana y, sentada en su banco favorito, vio a la señora Elinor. Llevaba un vestido que brillaba con el mismo blanco azulado que la casa de James Caskey. La señora Elinor le sonrió, lo saludó y se llevó un dedo a los labios, pidiéndole silencio.

Sin saber por qué, y sin pararse a pensar siquiera si debía hacerlo, John Robert acercó una silla a la pared, justo debajo de su ventana, se subió a ella, descorrió el pestillo, se asomó y se dejó caer en el arriate de iris barbudos de su madre, rasguñándose con la pared de la casa en el proceso. Las afiladas hojas de las plantas le dejaron dos o tres desgarrones en el pijama y le rasparon la piel, pero John Robert estaba tan acostumbrado a sufrir pequeñas heridas que apenas se dio cuenta. Entonces se levantó y corrió descalzo por la hierba cubierta de rocío hasta llegar al punto donde se terminaba el césped.

La señora Elinor seguía sentada en el banco, aunque ahora se apoyó en uno de los árboles y dio unas palmaditas en el asiento, invitando a John Robert a sentarse junto a ella.

John Robert vaciló un instante, pero finalmente —y sin tener una razón más concreta para seguir adelante que la que había tenido para vacilar— levantó el pie de la hierba húmeda y lo puso sobre la arena rastrillada.

Mientras cruzaba el patio, la arena se le pegó a las plantas de los pies. Se sentó tímidamente junto a la señora Elinor y la miró a la cara, pero no logró distinguir su expresión, que quedaba oculta por la sombra del tronco del árbol.

John Robert no dijo nada, pero tarareó una cancioncita vaga y agitó sus piernecitas bajo el tablón de madera, levantando la arena del suelo. Sintió cómo los brazos de la señora Elinor le rodeaban los hombros con gesto reconfortante. Con la mirada al frente, clavada en la oscura mole del dique, siguió tarareando.

El muchacho no vio nada extraño en el hecho de que la señora Elinor estuviera sentada en el banco a esas horas, ni en que le hiciera señas, ni en su silencio, ni en el tierno gesto con el que ahora lo abrazaba. John Robert DeBordenave nunca rechazaba una muestra de atención y afecto, tuviera la forma que tuviera y llegara cuando llegara, como tampoco cuestionaba su origen ni sus motivos. Se contentaba con quedarse sentado y tararear y balancear las piernas, que desaparecían bajo las sombras de los árboles y volvían a aparecer, levantando de vez en cuando una nube de arena que centelleaba como una lluvia de minúsculas estrellas. Y cuando la señora Elinor se levantó y, sin esfuerzo aparente, lo levantó a él, lo puso en pie y lo empujó en dirección al dique, John Robert tampoco hizo nada por resistirse a su delicado apremio. Ella avanzó detrás de él con las manos sobre sus brazos, dirigiéndolo hacia el punto más avanzado de la construcción del dique.

Aquel día, los trabajadores habían volcado sus carros de arcilla roja por primera vez en las parcelas de los Caskey. Algunos terrones se habían derramado sobre los patrones del rastrillo de Zaddie y ahora su oscuridad resaltaba sobre la arena gris que brillaba a la luz de la luna. Al día siguiente los hombres empezarían en serio, y en una semana aproximadamente el río dejaría de ser visible desde las ventanas de la casa de James Caskey. El amplio terreno que se extendía detrás de las casas perdería unos seis metros.

John Robert tenía prohibido acercarse tanto al río y, habituado como estaba a obedecer, se sintió inquieto a pesar de la presencia de la señora Elinor a sus espaldas. Por eso se detuvo, instintivamente consciente de que no debía ir más lejos, pero entonces la señora Elinor le agarró los brazos con tanta fuerza que empezó a hacerle daño. De hecho, la fuerza era tal que John Robert ya no podía mover ni los brazos ni el cuerpo. El chico giró la cabeza con una mirada de tímida protesta.

Pero lo que le devolvió la mirada no fue el rostro de la señora Elinor. No podía distinguirlo con claridad, ya que la luna quedaba justo detrás de aquella cabeza, pero John Robert vio que esta era plana y muy ancha, y que de ella sobresalían dos grandes ojos protuberantes, verdosos y relucientes. Percibió un hedor a agua rancia, a vegetación podrida y a barro del río Perdido. Las manos que tenía sobre los brazos tampoco eran ya las de la señora Elinor, sino mucho más grandes, y no tenían ni dedos ni piel, sino que estaban cubiertas por una membrana elástica, lisa y curva.

Con una mirada triste, John Robert volvió lentamente el rostro hacia el río. Vio el dique en construcción y, detrás de este, el agua fangosa que fluía, callada y negra. La escasa perspicacia y conciencia que poseía el niño pronto quedaron consumidas por la traición de la señora Elinor, por su transformación en otra cosa, por su metamorfosis en aquella criatura terrible que lo tenía atrapado y no lo soltaba. Empezó a llorar, y las lágrimas le rodaron lentamente por las mejillas.

De repente oyó un silbido húmedo a sus espaldas, como cuando alguien le abre con una navaja el vientre a un pez grande y todavía vivo. Notó cómo uno de sus brazos se levantaba y siguió llorando.

Entonces hubo un tirón y un desgarro, y una punzada de dolor tan violenta, tan atroz, que John Robert ni siquiera la identificó como dolor. Entonces el niño vio —sin entender lo que veía— su propio brazo que atravesaba el aire bajo la luz de la luna y aterrizaba con un ruido sordo sobre la arcilla roja, en el límite de la propiedad de los Caskey. La luz de la luna lo iluminó y, a tres metros de distancia, John Robert DeBordenave vio cómo los dedos de su propia mano incorpórea se aferraban a los terrones de arcilla y se hundían en la tierra.

Su otro brazo se levantó también hasta desgajarse de la articulación, voló por el aire y aterrizó sobre el otro; esta vez la palma de la mano quedó mirando hacia arriba, de modo que los dedos no arañaron más que el aire.

John Robert sintió cómo un líquido caliente le envolvía el cuerpo, aunque no comprendió que era sangre. El pensamiento coherente nunca había sido su fuerte, pero en aquel momento lo había abandonado por completo. Se desplomó en el suelo y una de esas extremidades membranosas, que no se parecía en nada a una mano, lo agarró por el pecho. Con un astillamiento de huesos, un estallido de tendones y un desgarro de carne, las piernas se le retorcieron, primero una y luego la otra, una y otra vez, más allá de los límites de la articulación. John Robert vio cómo estas describían un arco en el aire y caían sobre sus brazos arrancados.

Lo último que percibió John Robert DeBordenave fue el débil silbido del viento en sus oídos y un ligero soplo sobre su rostro cuando su tronco y su cabeza, lo único que quedaba de él, fueron levantados y lanzados por el aire. Se giró y se retorció, y vio su propia sangre que salía de los orificios de su cuerpo, miles de gotas negras que brillaban a la luz de la luna. Cuando cayó amontonado sobre sus propias extremidades se sacudió espasmódicamente, pero aún conservó la conciencia el tiempo justo como para ver cómo una capa de arcilla y grava de la parte superior del dique se deslizaba sobre él. Una piedrecita lo golpeó en el ojo derecho y se lo abrió como una cuchara hundiéndose en la yema de un huevo. John Robert DeBordenave, la cabeza finalmente inmóvil bajo la pequeña avalancha de guijarros y arcilla, no supo nada más.

14

La inauguración

Una especie de frenesí se apoderó de Caroline De-Bordenave durante los días posteriores a la desaparición de su hijo. El ruido de los trabajadores de diques, que nunca le había molestado antes, parecía atravesarle el cráneo, y exigió a su marido que mandara detener toda la actividad hasta que les hubieran devuelto a su hijo.

Pero nadie tenía ni idea de dónde empezar a buscar a John Robert. La ventana abierta revelaba cómo había salido de la casa y su pijama ausente decía lo que llevaba puesto, pero nadie sabía nada más acerca de su desaparición. Varios adolescentes recorrieron los bosques gritando su nombre, provistos con palos que normalmente usaban contra las serpientes de cascabel. Los vecinos de Baptist Bottom miraron debajo de todas las carretas averiadas por si al chico se le había ocurrido refugiarse ahí. El alcalde de Perdido inspeccionó personalmente la sala con suelos de mármol que había debajo del reloj del ayuntamiento, pero no encontró a John Robert entre los murciélagos y los nidos de pájaros que había allí arriba. Zaddie se metió en los semisótanos que había bajo las mansiones de los propietarios de los aserraderos, pero no vio más que nidos de roedores y telas de araña.

Pasados diez días, Caroline DeBordenave tuvo que aceptar lo que todos en el pueblo habían sabido desde el principio: John Robert se había ahogado en el Perdido. A los niños del pueblo no los mordían nunca perros rabiosos, ni se caían en los pozos, ni sufrían accidentes mortales mientras jugaban a barberos, ni se disparaban en el cuello con alguna pistola cargada. En Perdido, cuando un niño tenía mala suerte se ahogaba en el río, y eso era todo. Pero al margen de la confluencia, los habitantes más jóvenes de Perdido llevaban una vida francamente feliz. Pero el río se cobraba sus sacrificios con frecuencia, y aunque de vez en cuando algún pescador recuperaba los cuerpos río abajo, muy lejos de allí, la mayoría de las veces —incluso cuando una decena de amiguitos hubieran presenciado los estertores de la niña o el niño en cuestión— el cuerpo no volvía a aparecer. El agua arrastraba al niño hasta el lecho del río y lo enterraba allí, bajo un manto de lodo rojo, donde dormiría sin que nadie lo molestara hasta que la Resurrección despertara esos pequeños huesos desnudos y los llevara a la Gloria.

Las tareas de búsqueda de John Robert se prolongaron más que cualquier operación similar anterior. Lo cierto era que la limitada inteligencia del muchacho podía haberlo llevado hasta cualquier lugar que no fuera el Perdido, y Caroline DeBordenave exclamó que su hijo jamás se habría acercado al río, que llevaba toda la vida advirtiéndolo, y que antes se habría clavado un clavo ardiendo en la palma de la mano. Los DeBordenave también eran propietarios de un aserradero, y su hijo, aunque débil de cuerpo y mente, era un miembro destacado de la comunidad. De hecho, esa debilidad convertía a John Robert en un objeto de mayor compasión que si se hubiera tratado de un granuja blanco hijo de algún borracho, o de una niña negra sin ningún rasgo especial, la tercera de ocho hermanos y que nunca se hubiera mostrado particularmente diestra para la cocina o la lavandería.

Pero a pesar de la intensidad de la búsqueda y de las quejas de Caroline, los trabajos en el dique no se detuvieron. Al contrario, se aceleraron. Porque fuera lo que fuera aquello que había ralentizado las tareas de construcción en el alto Perdido, perdió todo su poder el día en que desapareció John Robert. A partir de aquel momento, el muro de tierra se levantó, metro a metro, y antes de que los Caskey se dieran cuenta, las tres casas se quedaron sin vistas al río. Oscar no atisbaba a ver el agua por encima del dique ni siquiera poniéndose de puntillas en el porche dormitorio y apenas alcanzaba a ver las copas de los robles siemprevivos de la otra orilla del Perdido.

Oscar llevaba tiempo temiendo aquella circunstancia, consciente de los fatídicos presentimientos con los que Elinor se refería al momento en que el río quedase oculto en el paisaje desde sus ventanas. Pero Elinor lo sorprendió, pues no se quejó ni siquiera del ruido y la basura que generaban los operarios. De hecho, cada mediodía enviaba a Zaddie y a Roxie con jarras de té helado para los hombres. No se la veía en absoluto decaída. Cuando no visitaba a Queenie y a su bebé recién nacido, Elinor se sentaba en el porche y leía revistas mientras se mecía en el columpio, y tan solo esbozaba una mueca cuando el aire le llevaba alguna de las blasfemias u obscenidades que soltaban los operarios.

Un domingo por la tarde, Oscar y Elinor estaban juntos en el porche del primer piso cuando él se levantó, se acercó a la mampara y señaló hacia la izquierda haciendo un amplio gesto con la mano.

—Van a llevar el dique hasta unos cien metros más allá del límite del pueblo, por si acaso. Nunca se sabe, podría ser que el pueblo creciera en esa dirección y que alguien quisiera construir allí. Pero, tal y como van las cosas ahora mismo, las obras estarán terminadas dentro de dos o tres semanas. —Hizo una pausa y se giró hacia su mujer, preguntándose si habría hablado más de la cuenta. Pero Elinor seguía balanceándose con expresión plácida—. ¿Sabes? —se aventuró a comentar Oscar—, la verdad es que creía que te ibas a alterar cuando los obreros llegaran hasta aquí.

—Yo también lo creía —respondió Elinor—. Pero alterarse no sirve de nada, ¿verdad? Y tampoco es que pudiera detener el dique yo sola, ¿no? Además, ¿no dijiste que si no se construía el dique el banco no iba a prestarte dinero?

—Así es. Ahora ya está todo a punto —respondió Oscar.

—Supongo que ya he hecho las paces con el dique —dijo Elinor, con una pequeña sonrisa avergonzada.

—¿Qué te ha hecho cambiar de opinión? —preguntó Oscar con curiosidad.

—No lo sé. Imagino que creía que Early y el señor Avant iban a talar todos mis robles acuáticos, pero Early le dijo a Zaddie esta mañana que podrían quedar todos en pie.

—Aun así, imagino que no podré convencerte para que me acompañes a la ceremonia de inauguración, ¿verdad?

—¡Por Dios, no! —exclamó Elinor, entre carcajadas—. Yo ya hice mi pequeño homenaje en honor al dique, Oscar.

El dique se terminó y los trabajadores cobraron. Se dispersaron con tal rapidez que las cinco mujeres de color que trabajaban en las cocinas se quedaron con un excedente de cuatrocientas libras de carne de vacuno, trescientas libras de cerdo y mil libras de patatas. Finalmente, gracias a la generosidad del ayuntamiento, la comida sobrante terminó en las sartenes y ollas de Baptist Bottom. Los barracones donde los hombres del dique habían vivido durante casi dos años se barrieron, tapiaron y cerraron con llave a la espera de que se les encontrara algún otro uso. Para las pocas tareas restantes en las cortinas de arcilla que protegían cada metro cuadrado del Perdido edificado, bastaban los veinte hombres negros que quedaban al servicio de Early Haskew.

Las dos mujeres blancas que prestaban sus servicios en Baptist Bottom regresaron a Pensacola en cuanto su clientela se evaporó. El salón de juego de Lummie Purifoy cerró y su hija Ruel pasó a dedicarse a la fabricación de caramelos. Los indios de Little Turkey Creek cerraron dos de sus cinco alambiques. Y Perdido, en general, respiró un poco más tranquilo.

La ceremonia inaugural, organizada por James Caskey, se celebró en el descampado de detrás del ayuntamiento, en un podio triangular construido justo en el punto donde el dique del Perdido superior se juntaba con el dique del Perdido inferior. James Caskey pronunció el discurso de inauguración y el pueblo de Perdido prorrumpió en aplausos para él y para el dique. Morris Avant tomó la palabra y prometió que si aparecía una sola gota de agua del río en el pueblo, se sentaría en una mesa y se comería el campanario de la iglesia metodista. Early Haskew afirmó que no había un pueblo más bonito ni gente más amable en todo Alabama, y para demostrarlo se había casado con Sister Caskey y eran más felices que unas perdices. Tom DeBordenave, Henry Turk y Oscar Caskey tomaron entonces la palabra y anunciaron que el dique iba a traer una era de prosperidad sin parangón para Perdido. Mientras el público inclinaba la cabeza y los predicadores rezaban sus oraciones al Dios de los metodistas, los bautistas y los presbiterianos, el remolino del centro de la confluencia, situado detrás mismo de la tribuna de oradores pero invisible para todos debido a la cortina de arcilla, arremolinaba el agua roja del Perdido y la negra del Blackwater con más rapidez que de costumbre, arrastrando hasta el lecho más detritos (vivos e inanimados) que nunca, como si deseara tragarse el pueblo de Perdido entero, y todos sus negocios, viviendas y habitantes. Pero la corriente combinada de los dos ríos y la fuerza desesperada del torbellino de la confluencia no tenían efecto alguno sobre los diques, y las aguas fluían, se hundían, se arremolinaban y pasaban de largo, vistas apenas por un puñado de niños atrevidos y traviesos que jugaban en lo alto de los diques, así como por quienes contemplaban el agua desde la seguridad del puente que cruzaba el río, justo por debajo del Hotel Osceola.

En gran medida, la predicción de Elinor Caskey se había hecho realidad: Perdido ya no era el mismo pueblo. Ya no veía los ríos que habían dado al pueblo gran parte de su carácter, excepto cuando paseaba por el dique o iba del centro del pueblo a Baptist Bottom. Lo que veía ahora Perdido era el propio dique, que en las partes más nuevas seguía siendo rojo, pero que en los primeros tramos estaba ya completamente cubierto por el verde intenso y polvoriento del arrurruz.

Mientras los oradores pronunciaban los discursos de inauguración, Perdido miró a su alrededor, contempló lo que se había construido y, de repente, pareció ver el dique con ojos extraños: era como si una serpiente inmensa, inconcebible, hubiera salido deslizándose del bosque de pinos y se hubiera enroscado alrededor del pueblo, y ahora yaciera dormida, protectora involuntaria de quienes ahora vivían a su sombra.

Perdido se fijó en el dique que se enroscaba a su alrededor y es posible que al final de la ceremonia de James Caskey los aplausos no fueran ya tan entusiastas como al principio.

Una tarde cálida de septiembre de 1924, aproximadamente una semana después de la inauguración del dique, Tom DeBordenave llamó a la puerta de la casa de Oscar Caskey. Zaddie lo hizo pasar y lo acompañó hasta el porche del primer piso, donde Oscar y Elinor estaban sentados en el columpio. Tom elogió al bebé que Elinor sostenía en brazos, elogió la casa que acababa de cruzar, elogió las vistas del dique desde el piso superior de la casa de Oscar, y seguramente habría seguido con los elogios si Elinor no se hubiera despedido discretamente y lo hubiera dejado a solas con Oscar.

—Oscar —dijo entonces Tom, interrumpiéndose a medio alabar las generosas dimensiones del porche dormitorio, cuando le pareció que Elinor ya no le oía—. Tenemos problemas.

Oscar no sabía a quién incluía aquel «tenemos», de modo que no dijo nada.

—La inundación nos hizo mucho daño.

—Hizo mucho daño a todo el mundo —coincidió Oscar con prudente solidaridad.

—Pero a nosotros nos hizo más daño que a los demás. Perdí todos mis registros y también el inventario. Todo lo que flotaba se lo llevó el agua; todo lo que podía estropearse, se pudrió hasta quedar en nada; y todo lo que podía hundirse, se hundió y nunca lo he vuelto a ver.

—Pero ya te has recuperado, Tom —dijo Oscar en tono afable, bastante seguro de que con aquel «tenemos» Tom hacía referencia solo al aserradero de los DeBordenave—. Has logrado volver a poner el negocio en marcha. Claro que hace falta tiempo, pero...

—Lo que hace falta es dinero, Oscar. Dinero que no tengo.

—Bueno, ahora que el dique está construido puedes pedirlo prestado a los bancos de Pensacola. O a los de Mobile.

—¿No lo entiendes, Oscar? No quiero arreglar nada. Lo que quiero es dejar el negocio —dijo Tom con un suspiro—. Quiero marcharme de Perdido.

—¿Por lo de John Robert? —preguntó Oscar en voz baja.

—Caroline ya ni siquiera coge el teléfono cuando llaman. Cree que será algún pescador llamando para decir que ha pescado a John Robert con su anzuelo y que por favor vayamos a recogerlo. Y yo estoy casi tan mal como ella. ¡Pobrecito John Robert! Ya sé que se ahogó en el Perdido, pero, ¡por Dios!, ojalá pudiéramos encontrar el cuerpo para saberlo con seguridad. Poder enterrarlo como Dios manda sería un consuelo. Caroline está a punto de perder la cabeza, Oscar. Elizabeth Ann está en la escuela y yo en el aserradero, y ella se pasa el día entero sola en casa. No sé qué vamos a hacer. Lo único que sé es que vamos a marcharnos de Perdido. Caroline tiene familia cerca de Raleigh y vamos a ir allí. Su hermano tiene un negocio de tabaco y estoy seguro de que encontrará algo para mí. Echaremos de menos este lugar pero, ¡Dios mío!, tenemos que largarnos de aquí y dejar de pensar en el pobre John Robert. Por eso estoy aquí, por John Robert. He venido a ver si quieres comprarme el aserradero.

Oscar soltó un silbido, se inclinó hacia delante y apoyó las manos en las rodillas.

—Escucha, Tom —dijo por fin—, no es a mí a quien debes acudir. Sabes que aquí todo el dinero lo tienen James y mamá.

—Sí, ya lo sé. Y también sé que quien toma las decisiones eres tú. A lo mejor crees que Henry y yo no sabemos lo que está pasando, Oscar, pero sí lo sabemos. Sabemos lo que pasa porque Caroline y Manda nos lo han contado.

Oscar frunció el ceño.

—¿Elinor ha dicho algo?

—No mucho —respondió Tom—. Pero sí lo suficiente como para que Caroline y Manda dedujeran el resto. Elinor cree que no recibes lo que te mereces. Y Henry y yo pensamos lo mismo. Por eso te estoy ofreciendo el aserradero a ti y no a James y Mary-Love.

Los dos pasaron un par de horas más en el porche oscuro. Aunque lo que tenían entre manos fuera el negocio más trascendental de la historia de Perdido, al oír las voces apacibles con las que mantenían su amena conversación uno podría haber pensado que hablaban sobre el precio de un haz de leña. Los verdaderos negocios en Alabama no se cerraban en oficinas, ni en aserraderos, ni en el mostrador de una tienda. Se cerraban en porches y en columpios, a la luz de la luna, o tal vez en las butacas del limpiabotas de la esquina de la barbería, o en el descampado de detrás de la iglesia metodista, en el rato que había entre la escuela dominical y la misa matutina, o durante el cuarto de hora que precedía a las partidas de dominó de Oscar, los miércoles por la noche.

—Naturalmente —dijo por fin Tom DeBordenave—, la cuestión aquí es si tienes el dinero.

—Mamá y James lo tienen. O podrían conseguirlo. Yo no tengo ni un centavo más allá de mi sueldo y un puñado de acciones.

—Pues pídelo prestado al banco. James te avalará aunque Mary-Love no lo haga. Y te diré más: si me das la mitad mañana, puedes pagarme el resto en cinco años, o incluso en diez, me da igual. Lo único que quiero es deshacerme del aserradero y me gustaría que te lo quedaras tú.

—Tom, hay algo que me preocupa.

—¿Qué?

—Me preocupa Henry Turk. A Henry no le va a hacer ninguna gracia que te compre el negocio y quedarse de pronto a la sombra de los Caskey.

—Henry también tiene sus problemillas, ya lo sabes —dijo Tom—. No puede permitirse comprar mi aserradero, no tendría sentido ni siquiera que hablara con él.

—Pero no quiero que se sienta mal —insistió Oscar, sacudiendo la cabeza.

—Yo tampoco, pero ¿qué le voy a hacer? Quiero vender el negocio.

—Véndele una parte a Henry —sugirió Oscar.

—¿Qué parte?

—La que quiera él: tu cartera de clientes, tu inventario, tus pagarés pendientes, tu maquinaria, el aserradero en sí. Lo que quiera excepto los terrenos. Yo quiero todos tus terrenos, asegúrate de que pueda quedarme con todas las hectáreas.

—Lo que me pides me supondrá más trabajo...

—Pero si vendes a los dos en lugar de a uno solo sacarás más dinero. Y quiero que Henry se sienta bien con todo esto. Si te compra el aserradero, tendrá la impresión de haberme ganado y se sentirá mejor. Lo único que Henry quiere es un patio más grande por el que pasearse, y lo único que quiero yo son las tierras.

—Deja que te diga algo, Oscar. Creo que es una tontería que compres todas esas tierras. ¡Pero si ni siquiera cortáis los árboles de las que ya tenéis! Vuestro aserradero no tiene la capacidad necesaria.

—Ay, Tom, tienes razón; has acudido al hombre adecuado para vender, ya sé que esto no es lo mío. Pero el hecho es que mi madre, James y yo decidimos que queríamos tierras, de modo que en cuanto vemos que hay alguna disponible, no perdemos ni un segundo.

Los hombres hablaron largo y tendido durante un rato más, aunque sin ningún otro propósito. En el Sur, los acuerdos comerciales de esta envergadura se debaten hasta que las partes han tratado y acordado cada punto por lo menos tres veces, para fijarlos no solo en las mentes de las partes involucradas, sino también en sus corazones. A petición de Elinor, Zaddie les llevó una bandeja con dos vasitos y una botella de whisky anterior a la ley seca, y el licor ayudó a que la tercera reiteración del acuerdo fuera más rápida.

A la mañana siguiente, Oscar llevó a James Caskey hasta un rincón remoto del bosque y le habló de la propuesta de Tom. A James le pareció que era una oportunidad excelente para Oscar y opinó que su decisión de quedarse solo con los terrenos permitiría mantener el asunto más o menos en secreto de cara a Mary-Love. De lo contrario, esta se habría opuesto a cualquier plan que le brindara a su hijo siquiera la apariencia de una independencia financiera, aunque dicha apariencia no fuera más que una deuda de un cuarto de millón de dólares.

En una semana, los propietarios de los tres aserraderos llegaron a un acuerdo para el reparto de las propiedades de los DeBordenave. Tal como Oscar había predicho, Henry Turk se quedó con la planta situada junto al río Blackwater, incluyendo los terrenos del aserradero, los edificios, el inventario y la maquinaria. La operación le costó trescientos mil dólares que pagaría en ocho plazos sin intereses, un trato excelente al que Tom DeBordenave pudo acceder porque Oscar abonaría una cantidad equivalente en efectivo —cortesía de un préstamo que le había concedido el banco de Pensacola— a cambio de quince mil hectáreas de bosque repartidas entre los condados de Baldwin, Escambia y Monroe.

Dos abogados de Montgomery se alojaron en el Hotel Osceola, donde pasaron una semana entera preparando las escrituras y los títulos de propiedad. Cuando todo estuvo firmado, se anunció la partición de la propiedad de los DeBordenave. La noticia supuso una gran conmoción en el pueblo, cuyos aturdidos habitantes se preguntaban cómo iba a afectarles personalmente aquel cambio.

Tras perder a su hijo, sus propiedades y su posición, Tom y Caroline hicieron rápidamente las maletas y se marcharon a Carolina del Norte. Mary-Love y Manda Turk no tuvieron tiempo más que para sacar a Caroline a comer un día a Mobile y, con lágrimas en los ojos, regalarle un broche de diamantes y rubíes en forma de pavo real. Fue en esa comida cuando Mary-Love se enteró de que era Oscar, y no ella y James, quien había adquirido los antiguos terrenos de los DeBordenave. Se sintió tan humillada y enfadada por la prepotencia con la que James y Oscar habían gestionado aquel asunto que al día siguiente, y sin avisar a nadie, se llevó a Sister, a Miriam y a Early de viaje durante dos semanas a Cincinnati y Washington D. C.

—Ya volverán —dijo Elinor en tono despreocupado—. Mary-Love y Sister cuidarán bien de Miriam. Estoy muy tranquila.

Y lo cierto es que en aquellos días nada podría haber perturbado la serenidad de Elinor. La fortuna de Perdido, que antes se habían repartido a partes iguales tres familias, ahora se dividía solo entre dos. Oscar, que hasta entonces había quedado al margen de dicha riqueza, era ahora un hombre rico en terrenos madereros repartidos por tres condados. Aunque ya no podía ver el río desde el columpio donde se mecía, Elinor seguía pasando las tardes en el porche del piso de arriba, donde hacía saltar a Frances sobre sus rodillas y la arrullaba diciéndole:

—¡Ay, mi niña preciosa! Un día tu padre será el dueño de todos los aserraderos del río. Y tendremos una caja de zapatos llena de títulos de propiedad y en cada hectárea de tierra que poseamos habrá un río o un arroyo o un ramal o un pequeño afluente donde mi niña preciosa pueda jugar. ¡Y Frances y su mamá tendrán más vestidos y más perlas y más cosas bonitas que el resto de Perdido junto!

John Robert DeBordenave yacía inmolado bajo el dique, un sacrificio justo y apropiado por parte del pueblo al río cuyo nombre llevaba. La muerte de John Robert había permitido que se completara el dique y había dado a Oscar Caskey la propiedad de unas tierras que harían que la fortuna de los Caskey terminara siendo aún mayor de lo que la propia Elinor había soñado. Los padres de John Robert se habían marchado de Perdido y el lodo había impedido que la boca de este los llamara. La arcilla roja había impedido que sus brazos desgajados les hicieran señas para que regresaran. La tierra negra había impedido que sus piernas arrancadas corrieran tras ellos. Pero aun desmembrado, enterrado e inmovilizado, John Robert DeBordenave todavía no había dicho la última palabra sobre Perdido, los Caskey y la mujer responsable de su muerte.

15

El armario

Durante los años siguientes Perdido creció consi-
derablemente. La causa principal de aquel aumen-
to de población, riqueza y relevancia fue el dique.
No todos los hombres que habían trabajado en él
se marcharon cuando se terminó de construir: a
algunos les ofrecieron trabajo en los aserraderos, lo
aceptaron y se establecieron en el pueblo. En vista
de que los terraplenes de tierra protegían el futuro de
los aserraderos, los bancos de Pensacola y Mobile
se mostraron dispuestos a prestar dinero a los propietarios para la expansión de los negocios. Tanto
los aserraderos de los Caskey como los de los Turk
aprovecharon la ocasión para comprar más tierras,
adquirir más equipos y, juntos, ayudar a financiar
un ramal de vía férrea que uniría los aserraderos
con la línea de la Louisville and Nashville Railroad
en Atmore. Con el tren y los grandes camiones que
se fabricaban en Detroit, el transporte fluvial de
árboles talados y madera era cada vez menos habitual, de modo que los ríos Perdido y Blackwater

cada vez tenían menos relevancia económica para el pueblo.

Pero más allá de la construcción del ramal del ferrocarril, que sería mutuamente beneficioso, los dos aserraderos se fueron distanciando entre sí. La única idea de Henry Turk era hacer lo mismo que siempre, pero a una escala mucho mayor. Oscar y James Caskey, en cambio, se dieron cuenta de que la demanda de madera podía no ser siempre la misma, por lo que decidieron diversificar el negocio. Así, en 1927, James y Oscar compraron los barracones del otro lado de Baptist Bottom y los convirtieron en una fábrica de ventanas y puertas cristaleras. El desempleo de Perdido descendió hasta desaparecer. Al año siguiente incorporaron una pequeña planta de fabricación de revestimientos de madera que les permitía aprovechar la madera dura de todos aquellos árboles que, de otro modo, no proporcionaban una tala rentable.

Henry Turk se rio de los Caskey, pues era evidente que aquellos negocios no eran tan lucrativos como la simple producción de madera para la construcción. Los Caskey estaban endeudados por el capital que habían invertido en los nuevos negocios, tenían unas nóminas mucho mayores y, por si eso fuera poco, la demanda tanto de ventanas y puertas cristaleras como de chapa de madera era peligrosamente errática y todo parecía indicar que seguiría siéndolo. Pero los Caskey hicieron caso omiso de las burlas de Henry Turk, y en cuanto los nuevos negocios fueron solventes, construyeron una planta para producir postes para cercas y servicios públicos.

La intención de Oscar era que el imperio de los Caskey permitiera aprovechar cada parte de un árbol; nada debía desperdiciarse, todo debía convertirse en materia productiva y valiosa. Early Haskew rediseñaría la planta generadora de vapor del pueblo de modo que funcionara a base de corteza y serrín, ambos subproductos de las operaciones de tala y corte. Y la quema de residuos ya servía para calentar los hornos que se usaban para secar la madera y la pulpa.

Otro elemento igualmente importante para Oscar era el mantenimiento de los bosques. Contrató a varios hombres del departamento forestal de Auburn para que lo asistieran y, bajo su dirección, creó un sistema de tala selectiva y replantación intensiva. El objetivo de Oscar (que pronto se consiguió) era plantar más árboles de los que se cortaban. Levantó una estación experimental cerca de las ruinas de Fort Mims con la esperanza de crear una cepa de pino amarillo más vigorosa. Mantenía correspondencia con los departamentos de agricultura de todo el Sur, y por lo menos una vez al año viajaba para inspeccionar otros aserraderos, desde Texas hasta Carolina del Norte.

Oscar tenía una energía sorprendente. Desde luego, nunca había trabajado tanto. Su laboriosidad ya había propulsado el funcionamiento del aserradero durante la última década, pero todas esas actividades extra eran algo nuevo. Perdido no estaba acostumbrado a una expansión tan rápida, ni a una innovación tan explosiva. Y, por lo general, los habitantes del pueblo estaban de acuerdo con Henry Turk y consideraban que Oscar estaba intentando abarcar demasiado para el bien del aserradero y de sus recursos. Mary-Love se quejaba de vez en cuando a James de que su hijo estaba llevando el aserradero a la ruina, pero James se negaba a interferir. Mary-Love no hablaba con su hijo directamente sobre el negocio familiar, pues sabía que este no escucharía sus consejos y no quería exponerse a que rechazara sus peticiones.

Con el paso de los años, fue haciéndose evidente que Elinor Caskey era en realidad la fuerza que había detrás de los efervescentes planes de su marido; si no era ella quien hacía las sugerencias, por lo menos lo animaba a no abandonar el camino de la diversificación y la innovación. Así, por ejemplo, fue Elinor quien lo envió a Spartanburg, en Carolina del Sur, para estudiar los grandes aserraderos de la zona, y a Little Rock para visitar la nueva fábrica de cajas de alambre. Nadie entendía por qué Elinor animaba a su marido a invertir tanta energía en una empresa que le reportaría un beneficio personal tan escaso. Si el aserradero ganaba mucho dinero, los beneficios se dividirían entre la madre y el tío de

Oscar, que seguiría sin percibir más que su salario. Mary-Love, una mujer sana y vigorosa, tardaría aún lo suyo en morir, y cuando eso sucediera, nadie tenía claro que no fuera a dejarle todo el dinero a Sister y a Early Haskew para fastidiar a Elinor incluso desde la tumba.

Oscar aún estaba muy endeudado por la compra de los terrenos de los DeBordenave en 1924. El aserradero le abonaba dinero a cambio de los árboles que se talaban en sus tierras y con eso pagaba los intereses del préstamo, pero apenas había empezado a amortizar el capital prestado. Y lo que quedaba de los ingresos percibidos a cambio de la madera permitía que su esposa y su hija se vistieran con ropa decente, pero no mucho más. Él y Elinor seguían en una situación muy precaria.

—Ojalá pudiera permitirme llevarte a Nueva York durante una o dos semanas —le dijo Oscar a Elinor con una mueca.

—¡Ni se te ocurra, Oscar! —contestó Elinor con sincera indiferencia—. Sabes que no podemos permitírnoslo y, además, el río Perdido no pasa por Nueva York. ¿Qué demonios iba a hacer yo allí?

Mientras pudiera estar segura de que su marido trabajaba duro e intentaba sacarle provecho a todo, Elinor estaba contenta. Así como Mary-Love andaba siempre de viaje a Mobile, a Montgomery y a Nueva Orleans, comprando vestidos y manteles de encaje, Elinor apenas tenía un centavo para reponer el hilo marrón cuando se le acababa. Pero no se quejaba. Pasaba el día sentada en el porche superior de su casa, meciéndose y cosiendo. Enseñó a Frances —que tenía ya cinco años— a leer y a escribir para que no tuviera dificultades cuando empezara la escuela. La mayoría de los días, Elinor se subía al dique —con ayuda de los troncos de los pequeños robles acuáticos que acababa de plantar en las laderas de arcilla— y se paseaba por allí contemplando absorta los remolinos rojos de las aguas del Perdido.

Frances no recordaba la época en la que el patio de arena de la parte trasera de la casa llegaba hasta el río. Solo había conocido el dique, ese ancho banco de tierra y arcilla roja que lentamente se iba cubriendo con un manto de roble acuático y arrurruz. No le permitían trepar por él (a menos que su madre la llevara en brazos) ni meter la mano bajo las anchas hojas planas del desenfrenado arrurruz, donde las serpientes se reproducían con gran profusión.

—Serpientes y otras cosas —aseguraba Ivey Sapp—, cosas que acechan para morderles la mano a las niñas.

Frances estaba celosa de los niños a los que sí permitían jugar en el dique, como Malcolm Strickland, que cuando no estaba en la escuela recorría una y otra vez toda su longitud en bicicleta. Elinor llevaba a su hija a navegar en el pequeño bote verde de Bray Sugarwhite. A Frances le encantaba oír la historia de cómo Oscar y Bray habían rescatado a su madre del Hotel Osceola y la habían llevado a lugar seguro en ese mismo bote, con Bray al mando de esos mismos remos. Frances se asustaba cada vez que se acercaban a la confluencia y siempre se agarraba con fuerza a los lados de la barca. Eso sí, hacía lo posible por no mostrar su miedo: eso habría sido una falta de respeto hacia su madre, a quien Frances consideraba capaz de cualquier cosa. Desde luego, Elinor era capaz de cruzar la confluencia sin que el río engullera la pequeña barca verde de Bray, tal como le había demostrado ya en numerosas ocasiones.

Navegar río abajo por entre aquellas colinas artificiales de arcilla roja tenía algo de irreal. Frances sabía que las casas, las tiendas y las aceras de Perdido se encontraban justo al otro lado, pero desde el agua ni siquiera alcanzaba a ver la torre del reloj del ayuntamiento y no tenía la sensación de que la vida humana estuviera tan cerca. Ella y su madre atravesaban un territorio silvestre tan profundo y sublime que parecía que no hubiera nadie a mil kilómetros a la redonda.

—Oh —suspiró un día Elinor, y Frances no supo si su madre hablaba con ella o musitaba solo para sí misma—, antes odiaba el dique, detestaba siquiera pensar en él, pero en días como hoy remo por el río y me acuerdo de cómo era antes de que existiera Perdido y los aserraderos y los puentes y los coches...

—¿De verdad te acuerdas, mamá?

Elinor se echó a reír y pareció volver en sí.

—No, cariño, solo me lo imagino...

El único punto donde el pueblo se inmiscuía en la placidez del río era el puente que cruzaba el Perdido por debajo del Hotel Osceola. De vez en cuando por allí pasaban coches y niños en bicicleta, y casi siempre había una anciana negra que, con una caña de pescar y una jaula de ruidosos grillos como cebo, y con los codos apoyados en la barandilla de cemento, trataba de ahorrarle a su marido el precio de un pedazo de cerdo para la cena.

Frances habría disfrutado más de aquellas salidas si no hubiera sido por la vaga sensación de que su madre esperaba que dijera o sintiera algo que ella ni decía ni sentía. Al contemplar el agua, tan turbia que no dejaba ver ni un pie bajo la superficie, Frances no podía más que negar con la cabeza cuando su madre le preguntaba: «¿No te tirarías de cabeza ahora mismo?». Frances había aprendido a nadar en el lago Pinchona y se había aficionado enseguida al agua clara de pozo artesiano que llenaba la piscina del lugar, donde podía zambullirse, bucear y aguantar la respiración más tiempo que cualquiera de sus amigos. Su madre le prometía que si alguna vez quería nadar en el Perdido, ella la protegería del remolino de la confluencia, de las sanguijuelas de las orillas, de los mocasines de agua y de cualquier otra cosa que se escondiera en la corriente fangosa.

—Aunque ni siquiera tienes que preocuparte

por esas cosas —le aseguraba Elinor—, porque eres mi niña. Este río es como mi casa y un día de estos también será como un hogar para ti.'

Elinor nunca presionaba a Frances para que se bañara en el río, y esta nunca le confesaba que lo que le impedía siquiera intentarlo no era el miedo, sino la inquietante sensación de familiaridad que le producía el Perdido. No comprendía esa familiaridad y, precisamente por eso, no quería explorarla. Frances solo tenía cinco años, pero ya poseía vagos recuerdos de una época que parecía imposiblemente remota. El Perdido formaba parte de esa época, al igual que un niño de la edad de su prima Grace con el que recordaba haber jugado a veces en el corredor que había entre la habitación delantera y la suya, donde se guardaba la ropa de cama. Pero hasta donde lograba recordar, Frances nunca había nadado en el Perdido y aquel niño habitaba en su memoria pero no tenía nombre.

Frances era una niña tierna y poco dada a las quejas. Nunca comparaba su suerte con la de los demás, nunca le decía a otra niña: «No me gusta nada hacer esto, ¿y a ti?», o «No sabes cuánto me enfado cuando mamá me dice eso». Se imaginaba que las emociones que la embargaban eran específicamente suyas, que no podía compartirlas con nadie más y, desde luego, que nadie más en Perdido las había experimentado nunca. Y como creía que sus sentimientos eran poco importantes, nunca los expresaba en voz alta, nunca buscaba que la elogiaran ni la tranquilizaran, que la sacaran de dudas o le validaran lo que pensaba o sentía.

Entre esos rígidos silencios destacaban sus pensamientos en torno a la casa donde vivía. Conocía un poco de su historia: su abuela la había construido como regalo de bodas para su madre y su padre, pero durante mucho tiempo se había negado a que tomaran posesión de ella. Entonces había nacido Miriam, y Mary-Love había dicho: «Dadme a Miriam y podréis mudaros a la casa». Por eso Miriam vivía con su abuela y por eso Frances estaba sola.

Frances no veía nada raro en aquella historia, nada cruel, nada injusto. Lo que le preocupaba no era la historia sobre cómo Miriam se había convertido en moneda de cambio para la libertad de sus padres, sino lo que había ocurrido en la casa durante el tiempo que había estado vacía. Era una preocupación incentivada por Ivey Sapp, la cocinera de Mary-Love, que le había contado a Frances aquella historia un día cuando Frances estaba sentada en la cocina de la casa de su abuela.

A Frances le había fascinado la idea de que todos los muebles de la casa estuvieran cubiertos con sábanas.

—¿Quieres decir que mi casa estaba ahí cerrada y vacía? —preguntó Frances—. Qué gracioso.

—No, no lo es —respondió Ivey—. No tiene ninguna gracia. Ninguna casa queda vacía. Siempre hay algo que se instala en ella. Y más vale asegurarse de que quienes llegan primero son personas.

—¿A qué te refieres, Ivey?

—A nada —respondió esta—. Lo que digo, niña, es que no se puede tener una casa tan grande vacía, con todos los muebles cubiertos con sábanas y las pegatinas esas todavía en los cristales de las ventanas y todas las llaves en las puertas, y que nadie se instale en ella. Y cuando digo alguien no hablo necesariamente de blancos ni de negros.

—¿Indios?

—No, tampoco hablo de indios.

—¿Entonces de qué hablas?

Ivey hizo una pausa y luego dijo:

—Si no los has visto, tampoco importa, ¿verdad, niña?

—No he visto a nadie más que a mamá, a papá, a Zaddie y a mí. ¿Quién más vive allí?

Justo en ese momento la abuela de Frances entró y las interrumpió:

—¿Tu mamá te deja pasarte el día entero mariposeando sin supervisión, niña?

Mandó a Frances de vuelta a casa antes de que pudiera averiguar quién más podía habitar en la casa donde vivía.

Frances recordaría aquella conversación durante mucho tiempo, aunque pronto se le olvidó por qué estaba en la cocina de Mary-Love cuando, en realidad, pasaba tan poco tiempo en casa de su abuela y casi nunca la dejaban sola. De hecho, aquel momento parecía tan desconectado de cualquier otro recuerdo que a veces pensaba que todo había sido un sueño. Pero nunca logró averiguar si las palabras de Ivey habían influido en su actitud hacia la casa o si solo habían servido para confirmar algo que ella misma ya había empezado a sentir.

Frances se decía que debería haber estado encantada con la casa. Era grande, la más grande del pueblo, y tenía muchas habitaciones. Ella tenía su propio dormitorio, su propio baño y su propio armario. Los pasillos eran amplios y largos. Había vidrieras en todas las puertas exteriores y en las ventanas del salón, de modo que por la tarde el sol teñía los suelos de colores luminosos. Cuando Frances se sentaba bajo esa luz y sostenía un espejo frente a ella, su propio reflejo aparecía teñido de tonos bermellón, cobalto y verde mar. La casa tenía más porches que cualquier otra casa del pueblo. En la parte delantera de la planta baja había un porche abierto, largo y estrecho, con mecedoras de mimbre verde y helechos. En el piso de arriba había otro porche, al que se accedía desde el pasillo, del mismo tamaño, con aún más mecedoras y una mesa con revistas. En la parte trasera de la planta baja estaba el porche de la cocina, cubierto con celosía para que se mantuviera fresco en verano. Y en la parte trasera del piso superior estaba el más grande de todos, el porche dormitorio, que tenía mamparas, vistas al dique y a la casa de la señora Mary-Love, columpios y hamacas, helechos, alfombras de ganchillo, bancos, lámparas de pie con flecos y mesitas. El dormitorio de Frances tenía una ventana que daba a la casa de su abuela y otra que daba directamente a ese porche. Era una sensación deliciosa, pensaba Frances, acercarse a la ventana de su habitación, mirar hacia fuera y ver lo que en realidad era otra habitación. Por la noche, cuando se iba a dormir, podía darse la vuelta en la cama, mirar por esa ventana a través de las delicadas cortinas de gasa y ver las siluetas de su madre y de su padre meciéndose lentamente en el columpio y hablando en voz baja para no molestarla. A veces, cuando estaba en el porche dormitorio, Frances miraba su propia habitación a través de la ventana y se asombraba de lo distinta que parecía desde allí.

Por fuera, la casa estaba pintada de un blanco radiante, como casi todas las casas de Perdido, pero el interior estaba oscuro y en penumbra. La luz del sol apenas penetraba en las habitaciones. El papel de las paredes tenía un estampado sutil y oscuro. Todas las ventanas estaban provistas de persianas de lona de color ámbar, persianas venecianas, cortinas de gasa y luego cortinas forradas. En verano se mantenían todas bien cerradas para evitar el calor y solo se abrían al anochecer. A menudo había más luz en la casa durante las noches con luna que durante las tardes más soleadas del verano.

La casa tenía también un olor peculiar, una mezcla de la arena calentada por el sol que rodeaba la casa, la arcilla roja del dique, el Perdido que discurría al otro lado, la humedad de las paredes y de las amplias habitaciones oscuras, los guisos de Zaddie en la cocina y algo que se había instalado en la casa mientras esta estaba vacía y que nunca había desaparecido del todo. Incluso durante los meses de sequía, cuando los cultivos se marchitaban en los campos y los bosques estaban tan secos que bastaba un relámpago para incendiar hectáreas enteras en cinco minutos, la casa conservaba un ligero olor a agua de río, de modo que las paredes empapeladas parecían siempre húmedas al tacto, los sobres nuevos se pegaban solos y la masa de la tarta nunca terminaba de salir bien. Era como si toda la casa estuviera envuelta por una niebla invisible que había surgido del Perdido.

Estas eran las principales observaciones de Frances acerca de la casa donde vivía, pero había también impresiones más oscuras, menos tangibles, que sentía justo al despertar pero que se escabullían al instante, o que se manifestaban cuando estaba a punto de dormirse y ya nunca volvía a recordar, o que percibía de manera tan fugaz que nunca lograba recuperar por completo. Pero un centenar de esas impresiones, reunidas y atadas con el sedal de las palabras e insinuaciones de Ivey, habían dejado en Frances la vívida impresión de que ella, sus padres y Zaddie no estaban solos en la casa.

El temor de Frances a la casa se centraba en el dormitorio de la parte delantera del primer piso. Una de las ventanas de aquella habitación daba a la casa de su abuela, y la otra, al estrecho porche delantero. La habitación se reservaba para los invitados, pero las visitas de los padres de Frances nunca pasaban la noche en la casa. Entre ese dormitorio y el de Frances había un pequeño corredor con una puerta a cada lado y varias estanterías de cedro donde se guardaba la ropa de cama. Frances tenía la sensación de que cualquier cosa que hubiera en la habitación delantera podía atravesar el corredor y abrir la puerta de su dormitorio sin que sus padres (que dormían en el otro extremo del pasillo principal) se enteraran de nada. Cada noche, antes de meterse en la cama, Frances se aseguraba de que la puerta del corredor estuviera cerrada con llave.

Cuando Zaddie limpiaba la habitación delantera, Frances se aventuraba a veces a entrar, a pesar del miedo atroz que le producía. Merodeaba por ahí aterrorizada, buscando pruebas que confirmaran su temor de que la habitación estuviera habitada. Pero mientras lo hacía, sabía en el fondo de su corazón que lo que vivía allí no habitaba la habitación propiamente dicha, sino el armario.

En la parte central de la pared del fondo del dormitorio delantero había una chimenea con azulejos negros y crema, y una parrilla para carbón. A la izquierda de esa pared estaba la puerta del corredor que comunicaba con la habitación de Frances y a la derecha había un pequeño armario. Allí era donde se concentraban los temores de Frances respecto a la casa. Frances no podía imaginar que existiera en el mundo nada más aterrador que la puerta de aquel armario. Era deforme, más pequeña que cualquier otra puerta de la casa, de apenas metro y medio de altura, cuando todas las demás tenían al menos dos. Según el razonamiento emocional de Frances, lo que se escondiera en ese armario tenía que ser más pequeño que lo que pudiera esperarla al otro lado de cualquier otra puerta, y aquella aberración de tamaño le producía un miedo paralizante. En aquel armario la madre de Frances guardaba la ropa que menos usaba pero que aún quería conservar: vestidos, abrigos y zapatos fuera de temporada, bolsos y sombreros de gran tamaño. Olía a naftalina, a plumas y a piel. Si se abría, el armario presentaba lo que parecía una superficie plana hecha de cueros, telas y lentejuelas oscuras. Como dentro no había luz, Frances no tenía ni idea de hasta dónde se extendía, ni a los lados ni de fondo, pero en su imaginación no tenía unas dimensiones fijas, sino que se expandía o contraía según el capricho de la criatura que se refugiara en su interior.

Cualquier casa construida sobre pilotes, como todas las casas de los Caskey, temblará un poco con las pisadas y otros movimientos. Los cristales de los armarios del comedor traqueteaban; las puertas se escurrían de las cerraduras y se abrían. Frances lo entendía desde el punto de vista lógico, pero seguía pensando que aquel armario era la caja de resonancia que provocaba todas las vibraciones de la casa. El armario temblaba con cada paso que se daba y acumulaba ruidos extraños. Y cuando creía que nadie le prestaba atención, generaba él mismo todos los ruidos, las vibraciones y las sacudidas.

Frances sabía todo eso, y de todo eso Frances no le decía nada a nadie.

Sin embargo, cuando parecía que iba a quedarse sola en la casa, como ocurría a veces por las tardes, Frances se inventaba alguna excusa para visitar a Grace, dos casas más abajo, o pedía permiso para ir a ver a los Strickland. Si le negaban el permiso, o si no encontraba ninguna excusa para irse, Frances nunca se quedaba sola dentro; se sentaba en los escalones de la entrada y esperaba pacientemente hasta que alguien volvía. Y si llovía, se sentaba en el porche, en la silla más cercana a los escalones, de modo que si oía que algo se movía dentro de la casa, tenía una salida abierta al patio. En esos momentos de incertidumbre, Frances ni siquiera se giraba para mirar a través de las vidrieras del salón por miedo a lo que pudiera devolverle la mirada. A la niña, la casa le parecía una cabeza gigantesca para la que ella era poco más que un bocado de carne convenientemente colocado ante sus fauces abiertas. El porche delantero era esa boca de sonrisa malévola: la barandilla blanca del porche eran los dientes inferiores; el friso de madera ornamental, los dientes superiores; y la silla de mimbre pintada en la que ella se encaramaba, una lengua verde y movediza. Frances se quedaba sentada y se balanceaba, preguntándose cuándo se cerrarían aquellas mandíbulas.

En cuanto alguien regresaba, la casa parecía perder por un momento toda su amenazante maldad. Frances entraba aliviada dando brincos detrás de Zaddie o de su madre, asombrándose de su propia insensatez. Con aquel arrebato de valentía, Frances subía corriendo las escaleras, se plantaba volando ante la puerta del dormitorio delantero, miraba dentro y, al ver que allí no había nada de nada, sonreía. A veces abría un cajón de la cómoda y otras veces se arrodillaba y miraba debajo de la cama, pero nunca, jamás, llegaba a tocar el pomo de la puerta del armario.

Índice

Resumen   9

Segunda parte. El dique

1. El ingeniero   17
2. Planes y predicciones   31
3. El bautismo   45
4. El Padre, el Hijo y el Espíritu Santo   65
5. Dominó   77
6. Verano   95
7. El corazón, las palabras, el acero y el humo   113
8. Queenie   123
9. Navidad   141
10. La espía   163
11. Queenie recibe una visita   179
12. Queenie y James   197
13. La piedra angular   209
14. La inauguración   225
15. El armario   243

Descubre antes que nadie todos los secretos
de la saga Blackwater y entra a formar parte
de una comunidad de lectores única.

Te esperamos en
www.sagablackwater.com

Esta obra se terminó de imprimir
en el mes de octubre de 2024,
en los talleres de Impresora Tauro, S.A. de C.V.
Ciudad de México.